La vida privada
de los árboles

Alejandro Zambra

La vida privada de los árboles

Epílogo de Margarita García Robayo

EDITORIAL ANAGRAMA
BARCELONA

Ilustración: «Red Acorn» (2012), © Bryan Nash Gill

Primera edición en «Narrativas hispánicas»: 2007
Undécima edición en «Narrativas hispánicas»: enero 2023

Diseño de la colección: Julio Vivas y Estudio A

© Del epílogo, Margarita García Robayo, 2022

© Alejandro Zambra, 2007

© EDITORIAL ANAGRAMA, S. A., 2022
Pau Claris, 172
08037 Barcelona

ISBN: 978-84-339-9956-6
Depósito Legal: B. 8113-2022

Printed in Spain

Romanyà Valls, S. A., Sant Joan Baptista, 35
08789 La Torre de Claramunt

Para Alhelí y Rosario

No tengo recuerdos de infancia.

GEORGES PEREC

... como la vida privada de los árboles o
de los náufragos.

ANDRÉS ANWANDTER

I. Invernadero

Julián distrae a la niña con «La vida privada de los árboles», una serie de historias que ha inventado para hacerla dormir. Los protagonistas son un álamo y un baobab que durante la noche, cuando nadie los ve, conversan sobre fotosíntesis, sobre ardillas, o sobre las numerosas ventajas de ser árboles y no personas o animales o, como ellos dicen, estúpidos pedazos de cemento. Daniela no es su hija, pero a él le cuesta no pensarla como una hija. Hace tres años que Julián llegó a la familia, pues fue él quien llegó, Verónica y la niña ya estaban, fue él quien se casó con Verónica y en cierto modo, también, con Daniela, que al principio se resistía pero de a poco fue aceptando su nueva vida: Julián es más feo que mi papá, pero igual es simpático, decía a sus amigas, que asentían con imprevista seriedad, y hasta con gravedad, como si de pronto comprendieran que

13

la llegada de Julián no era un accidente. Con el correr de los meses el padrastro consiguió, incluso, un lugar en los dibujos escolares de Daniela. Hay uno, en particular, que Julián siempre tiene a la vista: están los tres, en la playa, la niña y Verónica hacen pasteles de arena, y él aparece vestido con bluejeans y camisa, leyendo y fumando bajo un sol perfecto, redondo y amarillo.

Julián es más feo que el padre de Daniela, y es más joven, en cambio; trabaja más y gana menos dinero, fuma más y bebe menos, hace menos deporte –no hace, en absoluto, deporte–, y sabe más de árboles que de países. Es menos blanco y menos simple y más confuso que Fernando –Fernando, porque así se llama el padre de Daniela, que debe tener un nombre, aunque no sea, exactamente, el enemigo de Julián ni de nadie. Pues no hay, en realidad, un enemigo. El problema es justamente ese, que en esta historia no hay enemigos: Verónica no tiene enemigos, Julián no tiene enemigos, Fernando no tiene enemigos, y Daniela, descontando a un compañerito ocioso que se pasa la vida haciéndole morisquetas, tampoco tiene enemigos.

A veces Fernando es una mancha en la vida de Daniela, pero quién no es, de vez en cuando, una mancha en la vida de alguien.

Julián es Fernando menos la mancha, pero a veces Fernando es Julián menos la mancha. Y Verónica, quién es:

Por lo pronto Verónica es alguien que no llega, que aún no regresa de su clase de dibujo. Verónica es alguien que ligeramente falta en la pieza azul –la pieza azul es la habitación de Daniela, y la pieza blanca es el cuarto de Verónica y Julián. Hay, también, una habitación verde que ellos llaman la pieza de invitados, en plan de broma, porque no sería fácil dormir en ese desorden de libros, carpetas y pinceles. A manera de incómodo sofá han arreglado el baúl grande donde hace unos meses guardaron la ropa de verano.

Las últimas horas de un día normal suelen asentarse en una impecable rutina: Julián y Verónica dejan la pieza azul cuando Daniela se duerme, y luego, en la pieza de invitados, Verónica dibuja y Julián lee. Cada tanto ella lo interrumpe o él la interrumpe a ella, y esas interferencias mutuas constituyen diálogos, conversaciones livianas o a veces importantes, decisivas. Más tarde se trasladan a la pieza blanca, donde ven televisión o hacen el amor, o comienzan a discutir –nada serio, nada que no pueda arreglarse de inmediato, antes de que termine la película, o has-

15

ta que uno de los dos ceda, porque quiere dormir o porque quiere tirar. El final recurrente de esas peleas es un polvo rápido y silencioso, o bien un polvo largo del que se escapan leves risas y gemidos. Luego vienen cinco o seis horas de sueño. Y entonces comienza el día siguiente. Pero no es esta una noche normal, al menos no todavía. Aún no es completamente seguro que haya un día siguiente, pues Verónica no ha regresado de su clase de dibujo. Cuando ella regrese la novela se acaba. Pero mientras no regrese el libro continúa. El libro sigue hasta que ella vuelva o hasta que Julián esté seguro de que ya no va a volver. Por lo pronto Verónica falta en la pieza azul, donde Julián distrae a la niña con una historia sobre la vida privada de los árboles.

Ahora mismo, refugiados en la soledad del parque, los árboles comentan la mala suerte de un roble en cuya corteza dos personas grabaron sus nombres en señal de amistad. Nadie tiene derecho a hacerte un tatuaje sin tu consentimiento, opina el álamo, y el baobab es aún más enfático: el roble ha sido víctima de un lamentable acto de vandalismo. Esas personas merecen un castigo. No voy a descansar hasta que tengan el castigo que merecen. Recorreré cielo, mar y tierra persiguiéndolos.

La niña ríe con ganas, sin el menor asomo de sueño. Y hace las preguntas de rigor, nunca es solo una pregunta, por lo menos son dos o tres, formuladas con urgencia, con ansiedad: ¿Qué es vandalismo, Julián? ¿Puedes traerme un vaso de limonada, con tres de azúcar? ¿Alguna vez tú y mi mamá rayaron un árbol, en señal de amistad? Julián contesta pacientemente, procurando respetar el orden de las preguntas: Vandalismo es lo que hacen los vándalos, los vándalos son personas que dañan por el puro gusto de hacer daño. Y sí, sí te puedo traer un vaso de limonada. Y no, con tu mamá nunca grabamos nuestros nombres en la corteza de un árbol.

En un principio la historia de Verónica y Julián no fue una historia de amor. De hecho, se conocieron por motivos más bien comerciales. En aquel tiempo él vivía los estertores de un dilatado noviazgo con Karla, una mujer distante y sombría que estuvo a punto de convertirse en su enemiga. No había, para ellos, mayores motivos de celebración, pero igual Julián llamó, por recomendación de un compañero de trabajo, a Verónica, la repostera, y le encargó una torta de tres leches que, finalmente, alegró bastante el cumpleaños de Karla. Cuando Julián fue a buscar la torta al departamento de Verónica, el mismo donde ahora viven, vio a una mujer morena y delgada, de pelo largo y liso, de ojos oscuros, una mujer, por así decirlo, chilena, de ademanes nerviosos, seria y alegre al mismo tiempo; una mujer bella, que tenía una hija y quizás también tenía un marido. Mientras esperaba, en el living, a que Verónica terminara de envolver la torta, Julián alcanzó a entrever el rostro blanco de una niña muy pequeña. Enseguida hubo un diálogo breve entre Daniela y su madre, un diálogo áspero y cordial, cotidiano, tal vez un tira y afloja sobre lavarse los dientes.

Sería inexacto decir que aquella tarde Julián quedó prendado de Verónica. La verdad es que hubo tres o cuatro segundos de torpeza, es decir, Julián debió marcharse de aquel departamento tres o cuatro segundos antes, y si no lo hizo fue porque le pareció agradable mirar tres o cuatro segundos más el rostro oscuro y nítido de Verónica.

Julián acaba su relato, satisfecho de la historia que ha contado, pero Daniela no se duerme, por el contrario, parece animada, dispuesta a prolongar la conversación. Valiéndose de un delicado rodeo, la niña empieza a hablarle del colegio, hasta que, inesperadamente, le confiesa que quiere tener el pelo azul. Él sonríe, pues piensa

18

que se trata de un deseo metafórico, como el sueño de volar o de viajar en el tiempo. Pero ella habla en serio: Dos niñas y hasta un niño de mi curso se han teñido el pelo, dice, yo también quiero tener por lo menos un mechón azul –no sé si azul o rojo, estoy indecisa, murmura, como si dependiera de ella la decisión. Es un tema nuevo: Julián entiende que durante la tarde la niña ha hablado con su madre al respecto, por eso ahora busca la aprobación de su padrastro. Y el padrastro ensaya, a tientas, una posición en el juego: Tienes apenas ocho años, para qué vas a estropearte el pelo tan chica, le dice, e improvisa una evasiva historia familiar que de un modo u otro demuestra que teñirse el pelo es una locura. El diálogo prosigue hasta que, un poco enojada, la niña comienza a bostezar.

Ve a Daniela durmiendo y se imagina a sí mismo, a los ocho años, durmiendo. Es automático: ve a un ciego y se imagina ciego, lee un buen poema y se piensa escribiéndolo, o leyéndolo, en voz alta, para nadie, alentado por el oscuro sonido de las palabras. Julián solo atiende a las imágenes y las acoge y luego las olvida. Tal vez desde siempre se ha limitado a seguir imágenes: no ha tomado decisiones, no ha perdido ni ha ganado, solo se ha dejado atraer por ciertas imágenes, y las ha seguido, sin miedo y sin valentía, hasta acercarlas o apagarlas.

Tendido en la cama de la pieza blanca, Julián enciende un cigarro, el último, el penúltimo, o acaso el primero de una noche larga, larguísima, fatalmente destinada a repasar los más y los menos de un pasado francamente brumoso. De momento la vida es un lío que parece resuelto: ha sido invitado a una nueva intimidad, a un mundo donde le corresponde ser algo así como el padre de Daniela, la niña que duerme, y el marido de Verónica, la mujer que no llega, todavía, de su clase de dibujo. En adelante la historia se dispersa y casi no hay forma de continuarla, sin embargo, por ahora, Julián consigue una cierta lejanía desde donde mirar, con atención, con legítimo interés, la retransmisión de un antiguo partido del Inter con la Reggina. Es evidente que en cualquier momento caerá el gol del Inter, y Julián no quiere, por nada del mundo, perderse ese gol.

Verónica estudiaba segundo año de licenciatura en Arte cuando llegó Daniela a desordenarlo todo.

Anticiparse al dolor fue su forma de experimentar el dolor –un dolor joven, que crecía y decrecía, y a veces, a lo largo de ciertas horas especialmente cálidas, tendía a desaparecer. Durante las primeras semanas de embarazo decidió guardarse la noticia, ni siquiera le contó a Fernando o a su mejor amiga, y es que no tenía, en rigor, una mejor amiga, es decir, tenía muchas amigas, que acudían a ella sin falta en busca de consejos, pero la confianza nunca era del todo recíproca. Aquel tiempo de silencio fue un último lujo que Verónica pudo darse, un suplemento de privacidad, un espacio para construir, con dudosa calma, sus decisiones. No quiero ser una estudiante-embarazada, no quiero ser una madre-estudiante, pensaba;

21

definitivamente no deseaba verse, dentro de unos meses, enfundada en un vestido muy ancho y muy floreado, explicándole al profesor que no había podido estudiar para el examen, o luego, dos años más tarde, dejando a la guagua encargada con las bibliotecarias. Le daba pánico imaginar el rostro embobado de las bibliotecarias, convertidas, de pronto, en fieles guardianas de hijos ajenos.

Durante aquellas semanas visitó decenas de galerías de arte, interrogó sin pudor a sus profesores, y perdió varias horas dejándose cortejar por los alumnos de los cursos superiores, que, como era de esperar, resultaban ser unos insoportables niños bien –unos niños bien que decían portarse mal y que sin embargo prosperaban con mayor velocidad que sus hermanos ingenieros comerciales y que sus hermanas psicólogas educacionales.

Más temprano que tarde Verónica dio con el resentimiento que andaba buscando: no era aquel un mundo del que quisiera formar parte –no era ese, ni de lejos, un mundo del que ella *pudiera* formar parte. Desde entonces, cada vez que la asolaba un pensamiento negro sobre su postergada vocación, recurría a los contraejemplos que había atesorado. En lugar de pensar en el saludable desprecio por las modas artísticas de algunos de sus profesores, recordaba las clases que impartían dos o tres charlatanes de esos que siempre consiguen recalar en las facultades de arte. Y en vez de rememorar los trabajos honestos, verdaderos, de algunos de sus compañeros, prefería regresar a las inocentes galerías donde los adelantados del curso mostraban sus descubrimientos. Los jóvenes artistas imitaron a la perfección el dialecto de la academia, y completaron con entusiasmo los interminables formularios de las becas del gobierno. Pero pronto el dinero se acabó, y los artistas tuvieron que resignarse a impartir cursos para aficionados, como los que Verónica sigue, en la inhóspita sala de eventos de un municipio cercano. Por la mañana Verónica hornea bizcochos y atiende el teléfono. Por la tarde reparte los encargos y asiste a esos cursos en que a veces se aburre y otras veces lo pasa muy bien: trabaja con soltura y severidad, finalmente cómoda en su condición de amateur. Hace más de una hora debería haber regresado de su clase de dibujo, de seguro viene en camino, piensa Julián, mientras ve la tele. En el minuto 88, contra todo pronóstico, la Reggina marca el uno a cero. Y así termina el partido: Inter 0 - Reggina 1.

La semana pasada Julián cumplió treinta años. Fue una fiesta un poco rara, marcada por el desánimo del festejado. Del mismo modo que algunas mujeres se quitan la edad, él a veces necesita agregarse algunos años, mirar hacia el pasado con un caprichoso dejo de amargura. Últimamente le ha dado por pensar que debería haber sido dentista o geólogo o meteorólogo. Por lo pronto le parece extraño su oficio: profesor. Pero su verdadera profesión, piensa ahora, es tener caspa. Se imagina respondiendo eso:

¿Cuál es su profesión?

Tener caspa.

Exagera, sin duda. Nadie puede vivir sin exagerar un poco. Si es que hay periodos en la vida de Julián, habría que expresarlos de acuerdo con un índice de exageración. Hasta los diez años exageró muy poco, casi nada. Pero desde los diez hasta los diecisiete años se entregó a la impostura. Y desde los dieciocho en adelante se convirtió en un experto en las más diversas formas de exageración. Desde que está con Verónica la exageración ha venido disminuyendo considerablemente, a pesar de algunas recaídas.

Es profesor de literatura en cuatro universidades de Santiago. Hubiera querido ceñirse a una especialidad, pero la ley de la oferta y la demanda lo ha obligado a ser versátil: hace clases de literatura norteamericana y de literatura hispanoamericana y hasta de poesía italiana, a pesar de que no habla italiano. Ha leído, con atención, a Ungaretti, a Montale, a Pavese, a Pasolini, y a poetas más recientes, como Patrizia Cavalli y Valerio Magrelli, pero en ningún caso es un especialista en poesía italiana. Por lo demás, en Chile no es tan grave dar clases de poesía italiana sin saber italiano, porque Santiago está lleno de profesores de inglés que no saben inglés, y de dentistas que apenas saben extraer una muela –y de personal trainers con sobrepeso, y de profesoras de yoga que no conseguirían hacer clases sin una generosa dosis previa de ansiolíticos. Gracias a su indudable capacidad de improvisación, Julián suele salir airoso de sus aventuras pedagógicas. Siempre se las ingenia para salvar la situación camuflando alguna frase de Walter Benjamin o de Borges o de Nicanor Parra.

Es profesor, y escritor de domingo. Hay semanas en que trabaja la mayor cantidad de tiempo posible, a un ritmo obsesivo, como si tuviera enfrente un plazo que cumplir. Es lo que él llama la temporada alta. Lo normal, en todo caso, en temporada baja, es que postergue sus ambiciones literarias para los domingos, así como otros hombres destinan los domingos a la jardinería o a la carpintería o al alcoholismo.

Acaba de terminar un libro muy breve, que sin embargo le tomó varios años escribir. En un principio se dedicó a acumular materiales: llegó a juntar casi trescientas páginas, pero luego fue descartando pasajes, como si en lugar de sumar historias quisiera restarlas o borrarlas. El resultado es pobre: una escuálida resma de cuarenta y siete hojas que él se empeña en considerar una novela. Aunque durante la tarde había decidido dejar que el libro reposara unas semanas, ha apagado la tele y se ha puesto a leer, nuevamente, el manuscrito.

Ahora lee, está leyendo: se esfuerza en fingir que no conoce la historia, y por momentos alcanza aquella ilusión —se deja llevar con inocencia y con timidez, convenciéndose de que tiene ante los ojos el texto de otro. Una coma mal puesta o un sonido rasposo, sin embargo, consiguen devolverlo a la realidad; es, entonces, de nuevo, un *autor,* el autor de algo, una especie de policía de sí mismo que sanciona sus propias faltas, sus excesos, sus pudores. Lee de pie, caminando por la habitación: debería sentarse o recostarse, pero permanece erguido, con la espalda rígida, evitando acercarse a la lámpara, como si temiera que un mayor caudal de luz hiciera visibles nuevas incorrecciones en el manuscrito.

La imagen primera es la de un hombre joven dedicado a cuidar un bonsái. Si alguien le pidiera resumir su libro, probablemente respondería que se trata de un hombre joven que se dedica a cuidar un bonsái. Tal vez no diría un hombre joven, tal vez se limitaría a precisar que el protagonista no es exactamente un niño o un hombre maduro o un viejo. Una noche de hace ya varios años comentó la imagen con sus amigos Sergio y Bernardita: un hombre encerrado con su bonsái, cuidándolo, conmovido por la posibilidad de una obra de arte verdadera. Días después ellos le obsequiaron, a manera de broma cómplice, un pequeño olmo. Para que escribas tu libro, le dijeron.

En aquel tiempo Julián vivía solo, o más o menos solo, es decir, con Karla, esa extraña mujer que estuvo a punto de convertirse en su enemiga. Por entonces Karla casi nunca estaba en casa, y sobre todo procuraba no estar en casa cuando él regresaba del trabajo. Después de prepararse un té con amaretto –ahora le parece repugnante, pero en aquel tiempo era un apasionado del té con amaretto– Julián se ocupaba del árbol. No solo lo ponía en agua o lo podaba si era menester: permanecía observándolo por lo menos una hora, esperando, quizás, que se moviera, del mismo modo que algunos niños, por la noche, se quedan quietos en la cama largo rato, inmersos en el pensamiento de que van a crecer.

Solo después de vigilar el crecimiento de su bonsái, Julián se sentaba a escribir. Había noches altas en que llenaba páginas y páginas con repentina confianza. Y había noches menos buenas en que no lograba pasar del primer párrafo: se quedaba varado frente a la pantalla, abstraído y ansioso, como esperando a que el libro se escribiera solo. Vivía en el segundo piso de un edificio frente a la Plaza Ñuñoa. En la planta baja funcionaba un bar del que provenía un desorden de voces y el constante rebote de la música tecno. A él le agradaba trabajar con ese ruido de fondo, aunque se distraía irremediablemente cuando daba con alguna conversación especialmente cómica o sórdida. Recuerda, en especial, la voz agria de una mujer mayor que solía relatar la muerte de su padre a quien quisiera escucharla, y el pánico de un adolescente que una madrugada de invierno prometía, a gritos, que no volvería a tirar sin condón. Más de una vez pensó que sería valioso registrar esas voces, dedicarse a anotar esos diálogos; imaginaba un mar de palabras viajando desde el suelo a la ventana y desde la ventana al oído, a la mano, al libro. En esas páginas accidentales de seguro habría más vida que en el libro que intentaba. Pero en lugar de contentarse con las historias que el destino ponía a su disposición, Julián proseguía con su idea fija del bonsái.

Ándate de mi casa conchatumadre. Una tarde, al regresar del trabajo, Julián se encontró con este mensaje escrito a trazos gruesos, con pintura roja, en la pared del living. Un cierto tremendismo le hizo pensar que el mensaje había sido escrito con sangre. Y aunque luego dio con un galón de pintura y descubrió unas pocas manchas regadas en la alfombra, aquella escena falsa quedó grabada en su memoria: aún hoy se sorprende imaginando a Karla cortándose la piel y untando el dedo índice en un creciente charco de sangre. Aún hoy considera injusto que su novia escribiera conchatumadre en la pared del living, pues en esa historia él había sido cualquier cosa menos un conchatumadre. Había sido un idiota, un huevón, un indolente, un egoísta, pero no un conchatumadre. Por lo demás, hubo un tiempo en que aquel departamento era de ambos,

29

fue ella quien de pronto comenzó a distanciarse. Julián se resignó con rapidez, casi inmediatamente, a la ausencia de Karla, ese fue su único error –un error necesario, piensa ahora, cuando ella ya no existe: ya salió, para siempre, de su vida. Con la maleta en una mano y el bonsái en la otra, Julián abandonó esa misma noche el departamento, y pasó las semanas siguientes en pleno limbo alcohólico, alojado en casas de amigos, deseoso de contar su historia a quien quisiera escucharla. Pero no era bueno contando su historia. Pretendía esconderse en los rasgos seguros de su pasado reciente, pero esos rasgos seguros eran pocos y eso Julián lo sabía muy bien. Ni con cinco piscolas se te suelta la lengua, le dijo una vez su amigo Vicente, al final de una lenta noche de camaradería. Y no le faltaba razón. El bonsái, en tanto, resentía enormemente los cambios de domicilio. A pesar de los culposos cuidados de Julián, para cuando el árbol llegó a la estación final ya iba camino de secarse.

Habría que redactar muchos párrafos o acaso un libro entero para explicar por qué Julián no pasó aquel tiempo en casa de sus padres. Por ahora basta decir que durante esos años Julián jugaba a que no tenía familia. Hay quienes juegan a que tienen familia: organizan fastidiosas reuniones donde los brindis y las frases hechas dan lugar a apresuradas reconciliaciones. Julián, en cambio, jugaba a que no tenía familia: tenía algunos amigos muy buenos y otros no tan buenos, pero no tenía familia.

Un domingo, al revisar las ofertas del diario, vio una dirección idéntica a la del departamento de Verónica. Era un segundo piso, en un condominio de La Reina, lejos del centro, muy grande para un hombre solo, y muy caro para un profesor primerizo. Julián buscaba un lugar estrecho y barato, una guarida donde empezar una vida nueva no muy diferente a su vida vieja, de manera que aquel domingo fue sensato y desechó la idea. Pero al domingo siguiente volvió a ver el aviso y ya no fue tan sensato: partió, sin más preámbulos, a visitar el departamento, pensando que sería agradable recordar el hogar de Verónica. Al llegar reconoció enseguida la mueca un poco idiota del conserje, y el insistente amarillo de las ligustrinas, podadas, pensó entonces, con extraña intención artística. No recordaba el gigantesco cactus del jardín, ni los gruesos barrotes negros que protegían las ventanas, pero le agradó el lugar, le gustó que hubiera balcones y unos niños que esperaban la hora de almuerzo dando breves paseos en bicicleta.

En vez de Verónica y Daniela había tres piezas no muy grandes y el living que él ya conocía. Era demasiado espacio para Julián y sus pocos libros y su desvaído bonsái, pero ya estaba decidido: regateó con el dueño hasta bajar un poco el precio y cerró un atarantado contrato que seguramente lo obligaría a pedir más clases, o a organizar algún peregrino taller de poesía con los adolescentes del barrio.

Desde entonces vivió en aquel sitio semivacío. Salía a las ocho de la mañana y regresaba al caer la noche, para encerrarse a escribir y a presenciar la irreversible agonía de su árbol.

Una noche fueron Sergio y Bernardita a visitarlo. En esa casa de soltero faltaban cucharas, ollas, cojines, ceniceros, lámparas y hasta un par de cortinas, por lo que Julián se sintió un tanto ridículo al agradecerles los regalos que le habían traído: un libro de Jeanette Winterson y una asombrosa cantidad de velas aromáticas y esferas de vidrio que Bernardita distribuyó rápidamente por los rincones de la casa.

Después de disculparse por la escasa suerte del bonsái, Julián les contó la historia que en realidad deseaba contarles: había estado antes en ese departamento, había conocido a sus anteriores moradores (usó esa palabra algo pomposa, moradores), una mujer joven y su hija. Era fácil percibir en su relato un misterioso énfasis, una especie de admiración que a sus amigos les pareció reveladora.

Y por eso arrendaste este lugar, dijo Bernardita, con amable ironía. Por amor a las coincidencias.

No, respondió Julián, avergonzado. Con fuerza, y hasta con cierta innecesaria violencia, repuso: Lo arrendé porque me pareció conveniente.

Sí, Julián, admítelo, dijo Sergio. Lo arrendaste porque has estado leyendo demasiadas novelas de Paul Auster.

Sergio y Bernardita no pudieron contener una imprudente carcajada. Julián también rió, pero sin ganas, o con ganas de que sus amigos se marcharan y solo volvieran cuando se les hubiera pasado el ataque de risa. A raíz de aquella broma incómoda, Julián no volvió a leer novelas de Paul Auster. Incluso una vez dijo que, salvo por algunas páginas de *La invención de la soledad,* Auster era nada más que un Borges pasado por agua.

Pero esa es otra historia, una historia menor, que no viene al caso –aunque tal vez sería mejor seguir aquellas pistas falsas, Julián disfrutaría enormemente de un libro diletante repleto de pistas falsas. Sin duda sería mucho mejor echarse al suelo a reír, o construir un elocuente rictus de desprecio. Sería preferible cerrar el libro, cerrar los libros, y enfrentar, sin más, no la vida, que es muy grande, sino la frágil armadura del presente. Por ahora la historia avanza y Verónica no llega, eso conviene dejarlo a la vista, repetirlo una y mil veces: cuando ella regrese la novela se acaba, el libro sigue hasta que ella vuelva o hasta que Julián esté seguro de que ya no va a regresar.

Durante los días siguientes a la visita de sus amigos, Julián conjeturó las innumerables escenas secundarias que Verónica y la niña habían vivido en ese departamento. Al volver del trabajo abría la puerta impostando el temor de quien entra a un lugar ajeno. Dormía, consecuentemente, en la pieza de invitados, que entonces llamaba la pieza verde –la más pequeña, que eligió tal vez por la costumbre de arrinconarse. La pieza azul se mantuvo intacta, vacía, solamente adornada por una brocha tiesa y unos diarios olvidados en el suelo. En la pieza blanca, treinta o cuarenta libros apilados sobre unas cajas y una gruesa tabla sostenida por dos precarios caballetes conformaban una especie de estudio. Escribía hasta muy avanzada la noche, aunque sin orden, sin método: parecía dispuesto a dejarse distraer por el vuelo de una mosca o por el ronquido del refrigerador. Pero su mayor distracción provenía de recuerdos falsos, inventados: imaginaba a Verónica asomada al balcón, o leyendo revistas, o buscando, ante el espejo, un peinado nuevo. Escribía pensando en Verónica, en el fantasma de Verónica mirándolo escribir.

Un día decidió llamarla, con la excusa de una nueva torta. Buscó en sus papeles, pero el número que tenía anotado era su actual número telefónico, y el compañero de trabajo que le había recomendado las tortas de Verónica ahora vivía en Estados Unidos. Habló, entonces, con el dueño del departamento, quien de mala gana aceptó contactarlo con alguien que conocía a alguien que tal vez podría saber dónde ubicar a Verónica. Solo después de una semana de obsesivas gestiones Julián consiguió el número, y tardó todavía otra semana en atreverse a llamarla.

Le contó, por teléfono, la coincidencia, pero a ella no pareció interesarle demasiado. Ya sabes mi dirección, ahora te toca a ti venir a dejarme la torta, le dijo, con fingida jovialidad. Verónica, que estaba más que acostumbrada a los galanteos, asintió, y le dijo, imprimiendo a su voz un matiz impersonal, burocrático: Pasado mañana, a las siete de la tarde, iré a dejarte la torta. El plan de Julián era una fantasía en toda regla: se imaginaba a Verónica emocionada por recuerdos recientes, avergonzada de conversar tanto rato con un desconocido, y sin embargo dispuesta a alargar la visita, a seguir varias horas más descubriendo su intimidad, hasta bajar, definitivamente, las defensas: se imaginaba tirándose a Verónica en el living y luego, de nuevo, en la cocina, y empujándola contra la puerta, al final, a manera de despedida.

Por el contrario, Verónica se limitó a observar con cautela las paredes de su antiguo departamento, reprimiendo apenas un involuntario desdén y un cierto desencanto. Ni siquiera reparó en el bonsái seco, en el cadáver del bonsái que Julián había apostado en el suelo, muy a propósito, con la esperanza de que su presencia provocara, al menos, un tímido diálogo sobre plantas, tal vez una historia relacionada con gomeros muertos o enredaderas destruidas por un perro gordo y negro. Pero Verónica simplemente sonrió, recogió el dinero e hizo el gesto de irse. Como último y penoso recurso Julián le soltó, impetuosamente: La otra torta era para mi novia, mi exnovia, más bien. Esta es para mi madre. Y ese árbol que ves ahí se está secando.

Por toda respuesta Verónica dijo: Ah.

Y sonrió, de nuevo, y se fue.

Pero hubo un segundo y un tercer y un cuarto y hasta un quinto encargo. Durante aquellos meses Julián subió varios kilos, pues desayunaba, almorzaba y cenaba torta de tres leches, ilusionado como estaba de ir venciendo, poco a poco, la resistencia de Verónica. Para hacer verosímil su vida, Julián atribuía cada nueva torta a compromisos familiares o sociales, en tanto Verónica le sugería variar la carta, pues comenzaba a aburrirse de preparar siempre el mismo pastel. Pero Julián no quería masas de milhojas ni tortas de selva negra o de piña o de panqueques de naranja. Julián quería lo de siempre, la de tres leches, con mucho oporto, por favor.

Alrededor de la torta número cinco, ella parecía mucho más receptiva y curiosa que las veces anteriores. Julián pensó que quizás ahora sí aceptaría, por fin, tomarse un café o una copa de vino, una taza de vino, en realidad, pues Julián no tenía copas, ni siquiera vasos, solamente tazas. Y no se equivocó. Julián era ahora, para Verónica, un hombre agradable y no tan feo, aunque, por cierto, no había llegado a imaginarse arriba o abajo de Julián, ni mucho menos estrechada contra la puerta, protagonizando aquel frenético último polvo con que él soñaba insistentemente.

Pero a la fecha Julián ya no soñaba exclusivamente con esos polvos ocasionales. Soñaba que Verónica se quedaba a dormir, y que él dormía en casa de Verónica, que vivía con Verónica, que se tiraba a Verónica lentamente, en absoluto silencio, para no despertar a la niña, que hacían el amor a grito limpio cuando la niña alojaba en casa de sus abuelos o de su padre –que él imaginaba alto y rubio y gordo, mucho antes de saber que era alto y rubio y flaco.

La tarde de la quinta torta Verónica sí aceptó la taza de vino que le tendió Julián. No hubo sexo, en todo caso.

A la artificiosa luz del presente, su vida con Karla se le aparece como una nube, como una laguna. Piensa en ella como en un lugar de paso, un país contemplado desde la ventanilla de un tren demasiado lento. Aquella noche del mensaje en la pared, Julián se adelantó muchas veces a una escena que él creía inevitable y que sin embargo nunca tuvo lugar: se veía frente a Karla, repasando un obligatorio café –ella construiría pausas repentinas e histriónicas y enseguida diría frases desoladas, ensayadas largamente, y a pesar de todo honestas. Más tarde, ya de regreso a su nueva vida, Julián daría con las respuestas que había intentado con cabizbajos tartamudeos.

Pero ya no hubo oportunidad de aplacar la furia o la indiferencia de Karla. Más de una vez estuvo a punto de provocar esa última escena, pero la fuerza que lo animaba era tal vez muy débil: la sola idea de verse envuelto en una discusión le provocaba un tedio profundo. Julián no quería recuperar el amor, pues había dejado de amarla hacía mucho tiempo. Había dejado de amarla un segundo antes de comenzar a amarla. Suena extraño, pero así lo siente: en vez de amar a Karla había amado la posibilidad del amor, y luego la inminencia del amor. Había amado la idea de un bulto moviéndose dentro de unas sábanas blancas y sucias.

Soy sola, decía Karla cuando le preguntaban por su familia: No tengo padres, no tengo familia, soy sola. Y era verdad: el padre de Karla había muerto hacía poco, y la madre había muerto muchos años antes, al abandonar a su esposo y a su hija para irse a Cali, a la siga de un vago sueño esotérico. La ventaja de Karla era que no tenía familia; la desventaja de Julián era que no solo tenía un padre y una madre y una hermana, sino también una confusa variedad de abuelos, tíos, primos y hasta sobrinos. Karla le ofreció un lugar perfecto donde aislarse del pasado. En el pasado de Julián no había nada de que huir, pero de eso, justamente, escapaba: de la medianía, de las innumerables horas perdidas en compañía de nadie.

Karla estudiaba Filosofía en la Universidad de Chile, pero no pretendía conseguir un título ni trabajar ni nada por el estilo. Su único deseo era quedarse en casa escuchando música y fumando marihuana. Comía casi exclusivamente chocolates o tallarines con queso rallado, aunque cuando llegó Julián, que era un buen cocinero, el menú se amplió a tallarines al pesto, ravioles, pollo frito y hasta porotos con mazamorra. Él hacía clases y ella recibía puntualmente el dinero de la herencia, de manera que podían permitirse ciertos lujos: él compraba los libros y ella los discos, la marihuana y el Ravotril, que era el nuevo vicio, más bien obligado, de Karla.

Concentrado en sus clases y en la idea fija de su libro, Julián pasó de largo por episodios cruciales en la vida de Karla: no reparó en la avidez con que ella esperaba, cada noche, llamadas telefónicas muy largas o tal vez muy breves –no preguntaba quién llamó, qué quería, dónde vas, o bien preguntaba, pero sin énfasis, aceptando, de antemano, las evasivas y los portazos.

Nunca supo con exactitud por qué Karla empezó, de pronto, a faltar. En un principio ella esbozaba rudimentarias explicaciones: Me demoré porque conocí a una mujer enferma que necesita mi ayuda, le dijo una mañana, pero él apenas acusó recibo –no vio o no quiso ver en los ojos pardos de Karla un brillo seco y urgente. Después ella comenzó a alojar en casa de aquella mujer, con el pretexto de cuidarla. Y ya no hubo necesidad de nuevas explicaciones. Cada dos o tres días Julián encontraba cajones entreabiertos, platos sin lavar, y otras huellas de la presencia de Karla. Pasaron semanas antes de que volvieran a verse, por azar, en el descanso de la escalera. Entonces hubo un saludo torpe, sin besos, y una especie de diálogo: Mi amiga está mejor, dijo ella, gracias a mí. ¿Cuándo vas a volver?, preguntó Julián, desconcertado, pero no tuvo respuesta. Debería haberla presionado, haberla obligado, quizás, a que le confesara lo que él negligentemente comenzaba a sospechar: que la mujer aquella era la madre de Karla.

Julián contemplaba las ausencias de Karla desde la vereda de enfrente, con indiferencia y hasta con alivio. De tarde en tarde la imaginaba caminando por Irarrázaval, con el discman clavado en canciones de Tindersticks, pensando en su madre, en la mujer que Julián creía que era su madre. Tal vez ella había inventado que tenía una madre, tal vez había convencido a la mujer de que podía ser su madre, le había pedido, le había rogado que fuera su madre, pensaba Julián, aburrido de no entender una trama que, sin embargo, no le interesaba realmente.

Nunca llegaba muy lejos en sus conjeturas sobre Karla. Tenía otras cosas en que pensar. A veces la madrugada lo sorprendía barajando retorcidas soluciones para su novela, que no era, con claridad, una novela, sino más bien un libro de recortes o de anotaciones. No quería, en verdad, escribir una novela; simplemente deseaba dar con una zona nebulosa y coherente donde amontonar los recuerdos. Quería meter la memoria en una bolsa y cargar esa bolsa hasta que el peso le estropeara la espalda.

Al final de una fría noche de escritura, Julián decidió que ya no seguiría llenando páginas con historias difusas e indescifrables; escribiría, en cambio, un diario del bonsái, un celoso registro del crecimiento del árbol. Parecía sencillo. Cada tarde, al llegar a casa, anotaría en un cuaderno las mínimas variaciones que hubiera experimentado el árbol durante la jornada: el despunte de una hoja, un tímido encorvamiento del tronco, la presencia de seis microscópicas piedras que no creía haber visto el día anterior. De forma casi automática la vida comenzaría a colarse en los datos seguros, objetivos, que iría recabando.

Se acostó feliz, satisfecho, con la vida por delante. Pero no había alcanzado a cerrar los ojos cuando sintió la cerradura. Eran Karla y la mujer enferma, que regresaban acaso de un sibilino paseo por el parque.

Julián fue al living y saludó a ambas mujeres, rebuscando, en la sorpresa, algún rasgo que delatara el parentesco, pero solo constató un leve parecido que lo mismo se da entre hermanas o primas o incluso entre amigas, lo que en todo caso era una novedad, pues Karla no tenía o decía no tener ni hermanas ni primas ni amigas. Lo que lo impresionó, sin embargo, fue que la mujer no parecía enferma. Si se comparaba su expresión vivaz y tranquila con la tosquedad de Karla, parecía que la enferma era Karla y su madre, su posible madre, la enfermera.

La mujer correspondió al saludo de Julián con una mezcla de amabilidad y mesura, mientras que Karla se limitó a hacerle ver que deseaba estar a solas con su invitada. La llamó así, mi invitada. Él creyó que podía estirar la ceremonia, que era lícito preguntar, amparado en el sentido común, si eran primas o amigas o madre e hija. Previsiblemente Karla perdió la paciencia y le dijo ándate a dormir, queremos estar solas, espero que sepas entender que queremos estar solas.

Julián hizo lo posible por escuchar, desde la pieza, lo que ambas mujeres conversaban. Pero casi no hablaban. Permanecían en silencio y a lo largo de casi una hora aquel silencio fue creciendo hasta volverse intolerable. Las mujeres abandonaron juntas la casa y Karla no regresó aquella noche ni durante los meses siguientes. Y cuando volvió fue solo para escribir, en la pared del living, con pintura roja o tal vez con sangre: Ándate de mi casa conchatumadre.

Rara vez se acuerda de Karla. Hace unos días, cuando murió el gato de Daniela, Julián recordó un poema de Wisława Szymborska, y fue a la biblioteca, pensando en leérselo a la niña para consolarla. Después de buscar un rato en las repisas se dio cuenta de que aquel volumen verde, de editorial Hiperión, era uno más de los libros que había dejado en casa de Karla. El recuerdo de Karla está casi exclusivamente ligado al recuerdo de los libros que no alcanzó a llevarse aquella noche del mensaje en la pared. Ahora Karla es nada más que una ladrona de libros. Así la nombra a veces, entre dientes, mientras examina vanamente las estanterías: la ladrona de libros.

Imagina a Karla tomando el té con su posible madre o enfermera, discutiendo formas de conseguir dinero para pagar un tratamiento dental, o para hacer un viaje a Londres o a París o a Lisboa. Le parece terrible haber vivido aquellos años en compañía de Karla. Terrible y desolador.

45

Ahora Julián tiene una familia de verdad, de esas que pasan la tarde del sábado haciendo tareas de ciencias o mirando películas de Tim Burton. Daniela acaba de dormirse y él aguza el oído, pues presiente la llegada de su esposa, pero solo aparece, a lo lejos, el ronco burbujeo del acuario que hace unos meses emplazaron en el living. Sigilosamente Julián se acerca a Cosmo y Wanda, que continúan su invariable viaje por el agua sucia, y los observa con desmedida atención, pegado al vidrio. Súbita, teatralmente, Julián adopta la actitud de un vigilante, de un vigilante de peces, de un hombre especialmente entrenado en evitar que los peces abandonen el acuario.

Cuando alguien no llega, en las novelas, piensa Julián, es porque le ha sucedido algo malo. Pero esto no es, por fortuna, una novela: en cosa de minutos Verónica llegará con una historia real, con un motivo razonable que justifique su tardanza, y entonces hablaremos de su clase de dibujo, de la niña, de mi libro, de los peces, de la necesidad de comprar un celular, de un pedazo de budín que queda en el horno, del futuro, y tal vez un poco, también, del pasado. Para mantener la calma Julián piensa que la literatura y el mundo están llenos de mujeres que no llegan, de mujeres que mueren en accidentes brutales, pero que al menos en el mundo, en la vida, también hay mujeres que deben acompañar, de improviso, a una amiga a la clínica, o que pinchan un neumático en medio de la avenida sin que nadie se acerque a ayudarlas.

Verónica es una mujer que no llega, Karla era una mujer que no estaba. La madre de Karla es una mujer que se fue y que volvió cuando nadie la esperaba. Karla es una mujer que no estuvo. Karla es una mujer que estuvo pero no estuvo. Salió, fue a buscar a su madre, del mismo modo que otros van de cacería. Salió, fue a comprar cigarros. Karla no estuvo, no estaba: salió a comprar cigarros, a buscar a su madre, de cacería. Verónica ha pinchado un neumático. Ella sabe que no puedo ir a buscarla. No puedo dejar a la niña sola. Verónica cambiará el neumático.

Verónica es una mujer en medio de la avenida cambiando un neumático. Cientos de autos pasan a cada minuto, pero nadie se detiene para ayudarla. Eso es lo que sucede, piensa Julián, que resuelve apegarse a la imagen de Verónica perdida, cambiando un neumático, sola, en una avenida distante.

47

Daniela despierta. Siempre despierta a medianoche y hace poco han dado las doce. Con voz apagada y llorosa le pide a Julián que vuelva a hacerla dormir. La mamá ya va a llegar, dice Julián: acaba de llamar, está bien, tuvo que ir a la clínica a dejar a una amiga. A una amiga embarazada que tenía contracciones, puntualiza. Y añade: Han pinchado dos neumáticos en el camino.

La niña no conoce la palabra contracciones, y tampoco sabe que pinchar dos neumáticos es muy inusual, pero Daniela no está preocupada por la tardanza de su madre, al menos no exactamente. Solo quiere que Julián se quede a su lado, que vuelva a hacerla dormir, que la defienda de la oscuridad.

No sé por qué todos los niños le tienen miedo a la oscuridad. A tu edad yo no tenía miedo a la oscuridad, le dice, y es mentira, o tal vez es verdad: cuando Julián era niño no temía propiamente a la oscuridad, sino a la posibilidad de quedar ciego. Una noche despertó sin resquicios de luz a que acudir: primero tuvo la impresión de que alguien había *cerrado* la pieza, y luego la pavorosa convicción de que había quedado ciego. Desde entonces no tolera la oscuridad absoluta, las piezas cerradas.

¿Quieres que hagamos otro cuento de «La vida privada de los árboles»?
Sí, responde Daniela.

Hace un par de semanas Daniela respondió que no. Ya estoy grande para cuentos, puedo dormirme sola, dijo, de pronto. El mal humor de la niña obedecía a un motivo muy preciso: en casa de Fernando, probablemente después de una larga sesión de play station, había encontrado un videocassette del matrimonio de sus padres. Quizás algo inquieto por la creciente importancia de Julián en la vida de la niña, Fernando no detuvo la grabación, al contrario, se sentó junto a ella, deseoso de responder las preguntas de Daniela, que sin embargo mantuvo la vista fija en la pantalla, en absoluto silencio. Regresó a casa ensimismada y huraña, y solo luego de un arduo interrogatorio le reveló a Verónica el motivo de su tristeza.

Enseguida comenzaron las llamadas cruzadas, las recriminaciones de Verónica, los enrevesados argumentos de Fernando y las gestiones amables de Julián, que, como de costumbre, se vio obligado a hacerlas de mediador. Tú sabes cómo es Verónica, le dijo a Fernando, conciliadoramente, lo que no era cierto, desde luego: Fernando sabe enfrentar a los clientes difíciles, sabe conseguir precios convenientes, y hasta sabe tocar en guitarra algunos fragmentos de Heitor Villa-Lobos, pero ciertamente no sabe cómo es Verónica. No alcanzó a saberlo, pues el matrimonio duró apenas tres meses, o casi cien días, como suele precisar Fernando –fue la guerra de los cien días, dice, detrás de una amplia sonrisa, cuando le preguntan por aquel tiempo con Verónica.

Verónica y Fernando se casaron dispuestos a cumplir con la convención de ser felices. Habían decidido congelar, por un tiempo, las diferencias, como si realmente fueran una pareja y no una pálida idea que había cobrado forma a pesar de los malos augurios. El día de la boda Verónica tenía veintiún años, Fernando casi treinta, y Daniela acababa de cumplir seis meses de vida. Él pensaba que con el tiempo acabarían acostumbrándose a vivir juntos –ella, en cambio, presentía que el matrimonio duraría cuando mucho un par de años, y Daniela no pensaba nada, pues las guaguas de seis meses no piensan. (De acuerdo, fue un mal chiste, pero había que hacerlo. Es preferible pensar que aquel tiempo fue nada más que un chiste –un ruido brusco y pasajero que ya dejamos de oír.)

Aún es pronto para saber qué fue lo que Daniela sintió aquella tarde frente al televisor. Vio, por cierto, por primera vez, a sus padres juntos, como una verdadera pareja: Verónica disfrazada de novia, con el pelo ordenado en un gélido tomate, menos esbelta que ahora, aunque muy bella; Fernando sonriendo a diestra y siniestra, más eufórico que nervioso, llevando con naturalidad un smoking recién arrendado. Un cura muy delgado, de manos finas y dicción perfecta, bendijo la unión, y entonces los padres de Daniela se besaron en los labios con una especie de pudor o reticencia. Fue una buena boda, en todo caso, por momentos muy buena. A la menor provocación las tías lejanas soltaban lágrimas de alegría, mientras que los ancianos se mezclaban tercamente con la juventud. Los oficinistas, peinados a la gomina, peleaban con sus corbatas nuevas, de nudos gruesos y colores chillones, y sus acompañantes lucían vestidos de última hora y mira-

ban a la cámara con una alegría que parecía forzada pero que sin duda era auténtica.

Más perturbador que ver a sus padres besarse
debe haber sido, para Daniela, verse ella misma,
a los seis meses de edad, sonriendo o llorando
mientras la cambiaban de brazos, según alguien
iba al baño o derramaba el ponche. Los invitados
a la boda pronunciaron, vaso en mano, genero-
sos discursos que invariablemente concluían con
una alusión a Daniela, a Danielita, a la Dani,
que desde ahora, decían, sería aún más feliz. La
niña de meses aparecía llorando o riendo o semi-
dormida en el regazo de gente que ya no recuerda, vestida o más bien adornada para la ocasión,
con el pelo más claro y las mejillas enrojecidas.

Daniela no ha visto y quizás nunca va a ver
el segundo video, el de la segunda boda de su
madre, pero recuerda, con cierta claridad, el día
en que Verónica se casó con Julián. Son demasiadas imágenes: dos matrimonios, dos fiestas,
dos destinos diferentes. De un lado están sus padres y ella misma, a los seis meses, y del otro su
madre y Julián y ella, de nuevo, a los cinco años.
En lugar de la intimidante solemnidad de la igle-
sia, hay una oficina pobre, un escritorio de ma-
dera recién barnizada, una oficial del Registro

Civil que alarga demasiado las frases, un libro muy ancho que los novios firman presurosamente, y un beso seguro y breve. Enseguida la madre corre hacia su hija, que quiere pero no quiere verse envuelta en un abrazo doble o triple, celebrado con un bullicioso aplauso por los pocos concurrentes. Lo que menos le gustó de esa segunda boda fue que su madre prefiriera un vestido azul en lugar del traje de novia. Pero la pasó bien. Fue, de hecho, la primera fiesta de su vida, la primera fiesta que recuerda: comió tres pedazos de la colosal torta de tres leches con que Verónica homenajeó su historia con Julián, y bailó, bailó mucho, con sus primos, con su abuelo, con su madre y hasta con su flamante padrastro, que en aquel tiempo era, para ella, solo algo más que un invitado a la hora de almuerzo, y que ahora, tres años más tarde, acaba de hacerla dormir con una historia sobre la vida privada de los árboles.

¿Quieres que hagamos otro cuento de «La vida privada de los árboles»?

Sí, responde Daniela. Y Julián asiente, con pesar, pues le duelen los ojos, los oídos, no sabe bien: quisiera dormirse, de repente, irresponsablemente, y despertar mañana, o ayer, como nuevo. Ha de ser un cuento corto, solo el comienzo, hasta que la niña retome el sueño: tal vez la historia de un gigante que cuida a los árboles como si fueran las plantas de un pequeño jardín, o la aventura de un niño que se subió a una encina y no quiso bajar nunca más. Julián presiente que la narración va a enmarañarse. Acaso es mejor improvisar, piensa, acaso lo único que tiene sentido es improvisar:

El álamo y el baobab conversan sobre la gente loca que suele visitar el parque. Convienen, de antemano, que es mucha la gente loca que va al parque. El parque está lleno de locos, pero mi persona loca favorita, dice el baobab, es una mujer con los brazos larguísimos que vino una vez a hablar conmigo. Lo recuerdo como si hubiera sido ayer, aunque fue hace mucho tiempo, yo debo haber tenido apenas doscientos quince o doscientos veinte años cuando ella vino, tú ni siquiera habías nacido.

De inmediato Julián comprende que ha cometido un error: Daniela abandona la duermevela, extrañada por la edad del baobab, y en especial porque entiende que el álamo y el baobab siempre han vivido juntos, por eso son tan amigos, porque se han pasado la vida plantados en el parque. Para salir del paso Julián inventa una nerviosa retahíla de datos, de los que se desprende que el baobab tiene mil quinientos años y el álamo apenas cuarenta. Daniela continúa confundida y Julián prosigue, consciente de que debe esforzarse mucho para recuperar el relato:

Era, dice el baobab, una mujer de brazos larguísimos. Al principio pensé que era una niña, porque usaba frenillos, pero no era una niña, sino una mujer de brazos muy largos, que le llegaban hasta el suelo. Una mujer no necesariamente bella, más bien muy rara: ojos verdes, pelo corto y blanco, piel oscura, y unos frenillos gruesos entre los dientes, y esos brazos largos que le llegaban hasta el suelo. Era o había sido pintora, y se llamaba Otoko.

Julián ha decidido concentrarse en la mujer loca, aunque ya no la piensa como una mujer loca, sino como una mujer sola o una mujer que habla sola, con los árboles. Ensaya, entonces, el monólogo de Otoko frente al viejo baobab:

Soy pintora, dice Otoko, pero se ha presentado un inconveniente y debo dejar de ser pintora. El inconveniente son mis brazos, que me han crecido tanto. Es muy difícil pintar con los brazos tan largos, se me cansan los ojos, la tela me queda lejos, apenas alcanzo a enfocarla.

Me recetaron anteojos, pero no pienso usarlos, al menos hasta que me saquen los frenillos. Desde niña mi lema fue: o frenillos o anteojos. Elegí los frenillos, cómo iba a saber que luego se me alargarían tanto los brazos y que no podría pintar y todo eso.

No es común que a las personas les crezcan tanto los brazos. Las ramas sí, las ramas crecen, eso tú lo sabes mejor que yo, baobab. Las ramas crecen hasta que de pronto se mueren, pero no es común que a las personas les crezcan tanto los brazos.

No es común y quizás tampoco es tan raro. Quizás soy una en mil o una en un millón, y eso me gusta, es un privilegio. Es un inconveniente y un privilegio.

Así que voy a buscar otro trabajo. Pienso dedicarme a recoger hojas del suelo, pues se me da fácil, ni siquiera debo agacharme. Vagaré por los parques todo el día recogiendo hojas del suelo.

Aunque ya no es necesario, pues Daniela ha vuelto a dormirse, Julián continúa el relato, pero ahora quien habla ya no es la pintora o la recolectora de hojas, sino alguna otra mujer, más bella que Otoko o al menos con los brazos no tan largos, normales. No es Verónica, de ninguna

manera es Verónica, que aún deambula por alguna avenida distante. En cierto modo Verónica es
la única mujer que no podría figurar en el relato
que Julián improvisa en voz alta, para nadie, para
la niña que duerme.

El mismo día que Daniela encontró en casa de su padre aquel antiguo video del matrimonio, Verónica y Julián lo aprovecharon para hacer el amor con ansiedad, o con escándalo, como dijo Verónica, riendo, mientras mordía la espalda de Julián. Bajaron dos botellas de vino y terminaron la noche arrebatándose frases grandes, que dilataban indefinidamente el presente. Hubo, eso sí, un lapsus, una repentina caída en la realidad. Verónica miró a Julián y le dijo, lentamente, como deletreando las frases: Si yo me muero no quiero que la niña viva con Fernando. Prefiero que se quede contigo o con mi mamá. Convertido en el perfecto consorte de una mala película, Julián la abrazó con fuerza y le dijo: Tú no te vas a morir. Y la penetró, de nuevo, y volvieron a reír, y siguieron bebiendo y tirando hasta el amanecer.

El recuerdo de aquellas frases le hace el efecto de un infalible pinchazo. Acaba de realizar una inútil serie de llamadas telefónicas que han contribuido a su desesperación. Julián recorre la casa arqueando los dedos en los zapatos, forzando las pisadas, como si caminara por un campo sembrado de flores o de explosivos. En la pieza de la niña un reloj con forma de Bob Esponja marca las dos y media de la mañana. Debe ser la primera vez que alguien mira este reloj a las dos y media de la mañana, piensa Julián, como si esa leve certeza amortizara la espera.

La novela sigue, aunque solo sea para cumplir con el capricho de una regla injusta: Verónica no llega. De momento no hay imágenes de época, ni música de fondo, solo una frase aparentemente fuera de lugar, excesiva, que Julián repite en voz alta y creciente, y luego en voz baja, hasta recuperar el silencio —es como si alguien, desde una butaca escondida, se divirtiera controlando el volumen de la voz de Julián, que pronuncia, diez veces, aquella frase fuera de lugar: Soy el hijo de una familia sin muertos, dice, mirando la pared como si fuera una vidriera: Hola, soy el hijo de una familia sin muertos.

Fue hace ya mucho tiempo, en un escondido patio de la facultad, mientras fumaba hierba y bebía, a largos sorbos, un pegajoso vino con melón. Junto a un grupo de compañeros de curso habían pasado la tarde intercambiando relatos familiares donde la muerte aparecía con apremiante insistencia. De todos los presentes Julián era el único que provenía de una familia sin muertos, y esta constatación lo llenó de una extraña amargura: sus amigos habían crecido leyendo los libros que sus padres o sus hermanos muertos habían dejado en casa. Pero en la familia de Julián no había muertos ni había libros.

Una casa pareada y un antejardín de flores revueltas: cada verano repasaban los ladrillos con una capa de color blanco invierno –le agradaba repetir el nombre de aquel color: blanco invierno. Quizás pintaron la casa solo una o dos veces, pero Julián prefiere pensar que todos los años, hacia el comienzo del verano, la familia completa se abocaba a pintar los ladrillos. Durante décadas la casa siguió siendo nueva. Y acaso aún es nueva, tal vez acaba de instalarse allí una nueva familia, es probable, conjetura Julián, que no tarda demasiado en fugarse hacia adentro.

Manoteando un fondo de espesa nostalgia, Julián llega a la imagen de una jabalina rompiendo el cielo de 1984, el año de las Olimpíadas de Los Ángeles. Definitivamente ha perdido el tiempo con su idea fija de los bonsáis. Ahora piensa que el único libro que sería valioso escribir es un relato largo sobre aquellos días de 1984. Ese sería el único libro lícito, necesario.

No sin esfuerzo consigue aislar la escena: está sentado o encaramado en un sillón negro, de cuero falso pero convincente, frente al televisor, concentrado en el vuelo de una jabalina. Muy cerca de esas casas de medio pelo vive la muerte, pero ese niño de 1984 no lo sabe, no puede saberlo: mira el vuelo de una jabalina o la competencia de marcha –le gusta mucho observar a esos atletas mexicanos que tienen prohibido correr, se divierte imitándolos caminar, a toda prisa, en perfecta progresión.

Una de esas tardes el padre de Julián vuelve del trabajo con cuatro enormes cajas, que Julián y su hermana ayudan a desempacar: la primera contiene los cien cassettes de la colección «Los grandes compositores», y las tres restantes constituyen una biblioteca de literatura universal, española y chilena; decenas de libros de color beige, rojo y café, respectivamente, en ediciones populares, de páginas gruesas y amarillentas. Hasta entonces en casa solo había una enciclopedia para arreglar automóviles y un curso de inglés de la BBC. Los nuevos libros instauran una mínima abundancia, a la medida de la prosperidad de la familia.

No ha sido fácil construir esa familia. Ha sido necesario olvidar a los amigos e inventarse amigos nuevos. Ha sido necesario dedicarse a trabajar –avanzar, con anteojeras, a través de la multitud, vadeando ríos de preguntas incómodas, buscando un sendero o un atajo por donde llegar a un futuro sin felicidad y sin pobreza. Ya no hay cofres o solo hay cofres vacíos, vaciados, sin anillos, sin manojos de pelo, sin cartas redobladas a punto de romperse, sin fotos en sepia. La vida es un enorme álbum donde ir construyendo un pasado instantáneo, de colores ruidosos y definitivos.

Julián maldice su idea fija: debió dedicarse, por último, a registrar las conversaciones que provenían del bar de abajo, cuando vivía con Karla. Mucho mejor hubiera sido. En lugar de encender una imagen muerta debió describir vidas como la de ese niño de 1984. En vez de hacer literatura debería haberse hundido en los espejos familiares. Piensa en una novela de solo dos capítulos: el primero, muy breve, consigna lo que ese niño por entonces sabía; el segundo, muy largo, virtualmente infinito, relata lo que en aquel tiempo ese niño no sabía. No es que quiera escribir esa historia. No es un proyecto. Más bien desea haberla escrito hace años y poder leerla ahora.

Al final del día, después de armar la biblioteca en el living, el padre reúne a la familia en torno a un tablero de Metrópolis. Hay familias en las que a las nueve de la noche el hombre empieza a darle al vino y la mujer al planchado, ajenos a la suerte de los niños, que juegan en el patio a hacerse heridas, o en la pieza a la pieza oscura, o en el baño a hacer burbujas de jabón, o en la cocina a fabricar postres insólitos. También hay familias que ven caer la noche al compás de responsables conversaciones de salón. Y también hay familias que a esa hora recuerdan a sus muertos, con el aura del dolor copando sus rostros. Nadie juega, nadie conversa: los adultos redactan cartas que nadie va a leer, los niños hacen preguntas que nadie va a contestar.

Es esta, en cambio, una familia que espera el toque de queda jugando al Metrópolis. Está todo listo: el hospital, la cárcel, el cine, el banco, los dados, las tarjetas de destino, las casas, los edificios, las calles. Los jugadores son un hombre serio, que viene de abajo y va para arriba, una mujer de aspecto dulce y triste, una niña bella y quebradiza, y un niño de ocho o nueve años que se llama Julián pero debería llamarse Julio —es una historia inverosímil y sin embargo verdadera: pensaban llamarlo Julio, ese fue el nombre que pronunciaron ante el oficial del Registro Civil, pero él escuchó Julián y escribió Julián en la partida de nacimiento, y los padres no pidieron la rectificación, pues en aquellos años hasta un oficial del Registro Civil merecía un respeto y temor irrestrictos.

Alrededor de la mesa hay un hombre moreno, una mujer blanca, una niña menos blanca y un niño menos moreno. El hombre moreno siempre gana. La mujer blanca muy pronto se aburre y se retira. La niña menos blanca sigue jugando hasta perder del todo y se promete a sí misma, con los ojos en vilo, que la próxima vez derrotará al hombre moreno. El niño menos moreno de nombre cambiado no quiere ganar ni perder, solo quiere más cocacola. Al padre le agrada que su hija no se rinda y sin embargo está feliz de ganarle, de haber ganado, de seguir, siempre, ganando. La madre, por el contrario, hace rato hipotecó sus propiedades y repartió el dinero, en partes iguales, entre sus hijos. Está sentada, ensayando los acordes de una canción de Violeta Parra, a punto de cantar. De eso se trata, ni más ni menos: de verlos jugar, de observar sus rostros de 1984, de reírse de ellos, de compadecerlos, de acompañarlos en su honesto y tenso aburrimiento.

Ahora Julián vive cerca de una calle celeste, Tobalaba, y antes vivió a pasos de una calle azul, Irarrázaval, frente a Plaza Ñuñoa, en compañía de una mujer que estuvo a punto de convertirse en su enemiga. A esa casa llegó desde otras calles que no figuran en el Metrópolis, pues quedan lejos, hacia el poniente de la gran capital. Esas calles sin color alcanzan en la memoria un matiz grisáceo. Durante la infancia y la primera parte de la juventud de Julián esas calles fueron blancas. Solo ahora son polvorientas. Solo ahora, desde hace poco, el tiempo ha conseguido ensuciarlas.

Son las cuatro de la mañana y Julián reconsidera una posibilidad que antes había negado de plano: Verónica no está suspendida en una avenida distante, sino en casa de un hombre que esta vez la ha convencido de que ya no regrese. Construye el cuadro, sin esquivar los detalles: imagina las paredes húmedas y la luz de una estufa a parafina alumbrando a los amantes, que no posan, no tienen tiempo para detenerse y saludar a la cámara. Hay olor a cáscara de naranjas o a varitas de incienso, a perfume gastado por el roce de los cuerpos –y los muslos brillosos y la piel de Verónica tersa y caliente.

No es una casa, piensa Julián. Se toma un largo segundo para crear, en cambio, una habitación vistosa, repleta de espejos, con una pileta percutiendo un sutil ruido artificial. Imagina a Verónica embotada por un whisky rasposo, encumbrada por unas líneas de coca, moviéndose, sin prisa, encima de alguien. Es una explicación redonda, incuestionable: Verónica aún no llega porque está en la cama con el profesor de dibujo, fue un polvo corto que se transformó en un polvo largo. Suele pasar. Ahora mismo el profesor de dibujo o de gramática o de física cuántica la penetra por sexta o séptima vez –no te preocupes, dice Julián, en voz alta: no te preocupes, que ya hice dormir a la niña, ya le conté un cuento, no te apures, sigue culiando, por favor, perra de mierda, aún alcanzas a chupársela por última vez.

Pero no es este uno de esos programas de concursos donde hay que disfrazarse de mendigo y sobrevivir al desprecio de los demás. Ni siquiera avivando el fuego de una conjetura horrible Julián consigue cambiar la trama: está seguro de que no es ese el motivo de la demora de su esposa. La imagen de Verónica perdida en una avenida distante se agiganta, se convierte en una especie de verdad.

Está echado en el suelo, como un león en su jaula –como un gato, más bien, o como esos peces excéntricos y horribles que la niña escogió, por piedad, hace unos meses. Si nos salvamos de esta, piensa Julián, juntaremos dinero para ir de vacaciones a Valdivia o a Puerto Montt, o quizás no conviene esperar tanto: si nos salvamos de esta iremos, el sábado, por fin, a conocer la nieve. Había descartado la idea, llevado por un antiguo resentimiento de clase, pero ahora vuelve a contemplarla: la nieve chilena es para los ricos, eso él lo sabe muy bien, pero ya ha conseguido acostumbrarse a convivir con gente lejana que al cabo de un tiempo suele convertirse en gente amable. Enseguida el plan se desbarata, no podía perdurar. Ha descubierto, en su propio lenguaje, una grieta profunda: No nos salvaremos de esta. Salvarse de esta equivale a que Verónica cruce, como si nada, un umbral cerrado desde hace horas. Salvarse de esta sería, acaso, despertar. Pero no puede despertar: está despierto.

Con todo, sigue pensando en la nieve, un espacio espectral relegado a las novelas: un mundo donde los jóvenes enferman de gravedad y los viejos recuerdan amores del pasado. La nieve es una japonería burda y hermosa, como los bonsáis de su idea fija. Le gustaría conocer –haber conocido, desde siempre, la nieve. A los dieciocho años, por ejemplo, haber subido a un bus, haberse empleado en la cocina de un hotel de cinco estrellas, bajo las órdenes de un jefe negrero, un militar recién retirado, seguramente. Se imagina mirando, desde abajo, desde la nieve, un andarivel repleto de minúsculos turistas.

Se acerca a la pared de la pieza blanca: decide, con absurda seriedad, si la pared es blanca como el invierno o blanca como la nieve. No sabe si es posible pintar una pared del color de la nieve. No conoce la nieve. Cierra los ojos y presiona sus párpados veinte, treinta segundos. Y regresa, con cautela, con miedo, a este relato de contornos fijos, que por momentos se asemeja a un libro para aprender a pintar. Hay tres piezas, y tres pequeñas bibliotecas populares: azul, blanco, verde, beige, rojo y café. La calle Arturo Prat es de color café. La literatura chilena es de color café. La pieza es blanca y tal vez la nieve también es blanca. Las calles no son blancas: las calles son azul claro o azul oscuro, verde agua, verde esmeralda, rojas, rosadas, amarillas: Ahumada es de color rojo, Recoleta es rosada, y Tobalaba, la calle paralela al pasaje donde ahora vive, es celeste, lo mismo que Bilbao. Diez de Julio y Vicuña Mackenna son calles de color naranja.

Mientras el padre y los niños juegan al Metrópolis, la madre rasguea, con trabajosa exactitud, una canción de Violeta Parra. Mi madre, piensa Julián, cantaba canciones de izquierda como si fueran canciones de derecha. Mi madre cantaba canciones que no le correspondía cantar. Se echaba en el sillón, por la noche, para entretenerse, para soñar con un dolor verdadero. Mi madre era un dispositivo que convertía las canciones de izquierda en canciones de derecha. Mi madre cantaba, a cara descubierta, las mismas canciones con que otras mujeres, vestidas de negro, velaban a sus muertos.

Y escucha la voz dulce de su madre entonando aquella canción de Violeta Parra:

Para olvidarme de ti
Voy a cultivar la tierra
En ella espero encontrar
Remedio para mis penas.

Ahora busca, en la oscuridad, el rostro cobrizo de Violeta Parra: la imagina cantando, en una pieza helada, de techo alto y suelo de tierra, la noche en que dio con la imagen de una mujer sola que conversa con las flores:

Cogollo de toronjil
Cuando me aumenten las penas
Las flores de mi jardín
Han de ser mis enfermeras.

«Las flores de mi jardín / han de ser mis enfermeras», entona Julián, en un murmullo seco. Desde hace un tiempo piensa que esa es la canción más bella que ha escuchado nunca. Pero ahora preferiría dejar atrás esa música.

Aturdido por la espera, Julián concibe una larga e imprecisa lista de mujeres solas, de mujeres solas que hablan solas. Mi persona loca favorita, piensa, es Emily Dickinson. Ya tengo a dos, dice, Violeta Parra y Emily Dickinson, ellas encabezan la lista de mujeres solas, ellas hablan con nadie en el jardín. Ve el rostro blanco y evasivo de Emily Dickinson: «Our share of night to bear / Our share of morning», recita Julián, en voz alta, para nadie, para la niña que duerme. Y repite, de forma involuntaria, como encontrándose con su propia voz, los versos de Emily Dickinson: «Our share of night to bear / Our share of morning.»

Traduce, con torpeza, solo el título, nada más que el título: Sobrellevar nuestra parte de la noche, saber llevar nuestra porción de noche, cargar nuestra parte de la noche, sobrellevar la oscuridad. La punta del lápiz hace rayas, la tinta cubre la página de agua negra. Y Julián suma voces a la página negra. Su verdadera profesión es sumar voces. Su verdadera profesión es contar autos que pasan de largo o se detienen, de pronto, en medio de la avenida. Su verdadera profesión es dibujar mujeres solas y pedazos de nieve oscura. Su verdadera profesión es crear palabras y olvidarlas en el ruido.

Ahora recita, una vez más, como un loco, para nadie: Tolerar, soportar, cargar, sobrellevar, llevar, aguantar, hacerse cargo; hacerse cargo de la noche –aceptar la oscuridad, saber llevar nuestra porción de noche, aceptar una parte de la noche, vencer la oscuridad, restarse de la luz, adentrarse en la noche, hacerse cargo de la oscuridad, hacerse cargo de la noche.

La punta del lápiz hace rayas, la tinta cubre la página de agua negra.

¿Y Daniela? ¿Qué será de Daniela?

Está sentado, revolviendo una taza de té, desde hace cuarenta minutos. Y da con esta pregunta urgente, que no contribuye a la distancia —eso es lo que desea: distancia. Quiere inventar, conseguir, comprar años o kilos de distancia, pues son casi las cinco de la mañana y el libro sigue. El libro sigue aunque lo cierren.

Y ese otro libro, el que ha leído y releído hasta gastarlo, hasta volverlo ininteligible: Daniela va a leerlo alguna vez. Y después de leerlo se acercará a Julián y le dirá «leí tu novela», «me gustó», «no me gustó», «es muy corta». O no se acercará, pues para entonces él estará muy lejos, solo, o acompañado, con hijos propios, quizás. Esta última posibilidad lo contraría enormemente.

Debería meter la cabeza en el aire helado de afuera. Debería abrir las ventanas, pero ha renunciado a abrir las ventanas. Busca, a tientas, su nuevo lugar en un juego cuyas reglas desconoce. Tal vez los enemigos que nunca ha tenido han decidido reunirse.

Tal vez todo es más simple y él exagera, como siempre: la calma regresará y él volverá a ser, por fin, una voz en off. Eso quiere ser, llegar a ser, cuando viejo: una voz en off.

El futuro es de las voces en off, dice Julián, en voz alta.

Hola, buenas noches, dice: soy una voz en off.

Soy la mejor voz en off disponible en el mercado.

Imagina a Daniela a los quince años, en un bus, de vuelta de un viaje al campo: su piel se ha oscurecido levemente, pero la mirada es la misma —sus ojos casi verdes recorren el paisaje con serenidad. No lee, no escucha música; de vez en cuando parpadea como enredando sus pestañas largas, y enseguida regresa al paisaje de cerros áridos, caballos sueltos e insistentes avisos comerciales.

Imagina a Daniela a los veinte años, en una sala de espera, hojeando revistas, anudándose el pelo abigarrado de tintes azules. Julián podría quedarse en esa imagen hasta saber qué espera, a quién espera Daniela. Pero no quiere saber tanto. Quiere saber poco, lo justo.

Entonces la imagina a los veinticinco años, en un parque: Daniela se cubre del sol con las dos manos, y busca, a los lejos, a un vendedor de helados o de algodones de azúcar, o a unos amigos que la invitaron a un picnic o a un asado o a una preparación de peyote.

Y a los treinta años –así piensa Julián, de cinco en cinco; imagina a Daniela a los treinta años, en la playa, con Ernesto, su novio. Caminan por la orilla, él se adelanta o tal vez es ella quien arrastra los pasos, pisa fuerte para sentir el suelo bajo la arena.

A los treinta años Daniela leerá la novela de Julián. No es una profecía; le falta fuerza para hacer profecías, y tampoco es completamente un deseo, sino algo así como un plan, un guión de trasnoche, creado a la rápida, dictado por la desesperanza. Quiere entrever un futuro que prescinda del presente; acomoda los hechos con voluntad, con amor, de manera que el futuro permanezca a salvo del presente.

No importa que Verónica llegue o no llegue, que muera o sobreviva, que salga, que se quede; pase lo que pase Daniela tendrá treinta años y un novio llamado Ernesto. A los treinta años, pase lo que pase, Daniela leerá mi libro, dice Julián: su voz es como un trago de aire seco; su rostro ingresa, sin temor, a la penumbra.

Julián es una mancha que se borra y se va.
Verónica es una mancha que se borra y permanece.
El futuro es la historia de Daniela.

Y Julián imagina, escribe esa historia, ese día del futuro: el escenario es el mismo, Daniela sigue viviendo en el departamento de ahora, de entonces, hace poco ha sido restaurado –las paredes ya no son verdes, azules y blancas, pero hay cosas que a pesar de los años han permanecido intactas: Daniela sabe dónde encontrar el té, la tostadora de pan, los alfileres, la linterna, la ropa de verano. Ya no hay alfombras sucias ni vidrios trizados. Ya no hay arañas ni baratas ni hormigas. Daniela ocupa su habitación de siempre, la pieza azul, y en la pieza blanca están los libros y los discos –la pieza de invitados ahora es, con propiedad, una pieza de invitados: casi todas sus amigas han vivido ahí después de irse de casa o de perder el trabajo.

Es psicóloga. Hubo un tiempo en que era casi impensable que alguien tomara una decisión sin consultarla primero con su psicólogo. Fue una moda que llegó a Chile de forma más bien tardía y que duró muy poco: de la noche a la mañana cientos de psicólogos quedaron sin trabajo, seguramente debido a la invasión del yoga y los expertos en reiki. Cuando Daniela empezó a estudiar psicología en la Universidad de Chile ya era aquella una carrera incierta. Una vez titulada, después de soportar unos meses la cesantía de rigor, consiguió, por fin, un trabajo como locutora en la radio estatal.

El segmento de Daniela va de nueve a once de la mañana y consiste, como todos los programas de la radio estatal, en escuchar a la ciudadanía. Habitualmente se ducha y desayuna antes de comenzar la transmisión, pero esta vez ha decidido ceñirse al esfuerzo mínimo. Dos minutos antes de que comience el programa toma varios parches de silencio y los instala cuidadosamente en las puertas y en las ventanas de la habitación. Vuelve a la cama, aprieta un botón rojo, y después de un ligero ensayo consigue sacar convincentemente la voz.

La voz de Daniela conserva una engañosa frescura. Es la voz ronca de una niña o la voz cálida de una mujer de cincuenta años. Sus auditores no saben su edad pues ella rara vez se refiere a sí misma; se lanza a hablar sobre lo que sea, hasta que caiga la primera llamada, pero se cuida mucho de que el tema elegido no la lleve a exponerse demasiado. En ese sentido es como su madre: nada de confidencias gratuitas, solo normas generales, comentarios sagaces y divertidos, arbitrariedades, opiniones contundentes que, sin embargo, revelan poco o casi nada de ella. La mayoría de sus colegas enjuagan sin pudor el ego en la paciencia de los demás. Ella no. Por eso es agradable escuchar su programa.

¿Cuándo conoció a Ernesto? ¿En la universidad, quizás, él fue su compañero de curso, su alumno, su profesor? ¿Un conferenciante, un académico que dio una charla y la vio, en la primera fila, en la última fila? ¿Quién es Ernesto? ¿Cómo es? No importa: el hecho es que viven juntos en casa de Daniela, en esta casa, aunque hoy está sola –ayer fue al aeropuerto a despedirlo, viajaba a Quito, donde trabaja en un proyecto de turismo ecológico.

A Daniela no le agrada que Ernesto viaje tanto, por eso ahora, mientras escucha las confidencias de una auditora, persiste una lenta ofuscación; es, de nuevo, un primer día sin Ernesto, un tiempo que ya conoce de sobra. Un tiempo de soledad y de lenta ofuscación. Daniela precipita las pausas, entrecorta las frases con severidad, y sin embargo sigue siendo cálida, nunca llega a perder la conciencia de que existe un pequeño grupo cautivo de personas que la escuchan día a día.

No puede negar que disfruta cada vez más de la soledad; las semanas con Ernesto, en cambio, le resultan trabadas, ásperas. No es que haya violencia o hastío. Es una especie de falla, una veladura que alguien ha esparcido en la tela donde Ernesto y Daniela posan de cara a la posteridad. Sabe que muy pronto Ernesto ya no regresará. Se imagina desconcertada y luego furiosa y finalmente invadida por una decisiva quietud. Está bien, era sin compromisos, como debe ser: se ama para dejar de amar y se deja de amar para empezar a amar a otros, o para quedarse solos, por un rato o para siempre. Ese es el dogma. El único dogma.

Concentra la vista en la corriente: el puente avanza, nosotros avanzamos, el agua se queda quieta, se estanca. Eso le decía Julián, su padrastro, en el puente al que solía llevarla cuando niña. Al principio cuesta pero luego te acostumbras, es como esos dibujos raros que hay que mirar hasta que aparezca encima una figura, un dragón, un oso, el rostro de alguien; de nuevo, mira, concentra la vista, fuerza los ojos en el agua hasta que sientas que avanzas, que el puente avanza, hasta que el río haya dejado de ser un río. El agua pierde velocidad, y eres tú, ahora, quien avanza por el agua, en un barco.

Julián apoyado en la baranda de un puente del río Mapocho; Daniela nunca ha hablado de ese recuerdo, del que sin embargo se ha valido numerosas veces para construir vínculos. Primero hubo una pequeña traición, una travesura, por

80

así decirlo: a los quince años, una tarde que paseaba con su padre, con su verdadero padre, no pudo resistirse a la idea de llevarlo al puente, a pesar de que para ello debían caminar un largo trecho. Haciéndose la misteriosa lo condujo de la mano, y al llegar al puente repitió, con estudiada solemnidad, las palabras de Julián como si fueran propias. Estuvo a punto de hablarle de las caminatas con su padrastro, de aquellos días en que cruzaban la ciudad solo para detenerse un rato a concentrarse en la corriente. Pero no lo hizo. Este es mi lugar favorito, papá, le dijo, en cambio, y no mentía: desde aquí puedes hacer que el río se detenga, que el puente sea un barco que se acerca o se aleja de la tierra firme.

Desde aquel paseo Daniela decidió que esta sería su broma íntima, su santo y seña: cada uno de sus novios fue encaminado al puente del Mapocho, a todos les hizo creer que eran los primeros testigos de esa ceremonia privada. Esta mañana ha recordado la última vez que gastó aquella imagen, con Ernesto, y siente deseos de ir a ese puente, sola, para arrojar algo –una fotografía, un sombrero, cualquier cosa– a la corriente; piensa en el puro placer de ver ese objeto perderse en el caudal, y acaso piensa, también, en cerrar un círculo, aunque ella no cree en la monserga de cerrar los círculos, de culminar los procesos.

81

Cree, más bien, que los procesos no existen, que los círculos que somos capaces de ver nunca son los indicados.

Aquella vez, con Ernesto, en el puente, fue distinto. Desde un comienzo él se mostró reacio a los secretos, de manera que reaccionó con recelo ante la confesión, sin sospechar siquiera –no era él un hombre de sospechas– que era víctima de una broma, que era el protagonista de una película muda. Se sintió más bien abrumado por el tono confidencial que Daniela había sabido imprimirle a sus palabras. Enseguida rompió el silencio con un comentario sobre el puente, su fecha de construcción, y un presuntuoso listado de edificios y monumentos realizados por la misma época. Eso era Ernesto: un joven pedante que sabía un poco de todo. Pero no le vino mal, a Daniela, ese golpe de realidad.

Mi padre jamás ha escrito un libro, dice Daniela, en voz alta. Ha descubierto este pensamiento, que es una obviedad: su padre no es escritor. Su padrastro tampoco era exactamente un escritor, un escritor de verdad, pero por ahora necesita forzar las ideas, estirarlas, exagerarlas un poco.

¿Cuál es la profesión de su padre?
Ingeniero.

¿Cuál es la profesión de su madre?
Ilustradora.

No solían preguntarle por la profesión de su padrastro, a pesar de que en su generación casi todos los niños tenían padrastros o madrastras, a los que no llamaban con esos nombres despectivos, tal vez porque con los años acumulaban varios padrastros y madrastras –una larga hilera de personas a las que empezaban a querer pero que muy pronto olvidaban, pues ya no los veían más: desaparecían, para siempre, o reaparecían años más tarde, por casualidad, en la fila del supermercado.

No es su caso. Ella solo tuvo un padrastro, por lo que, piensa ahora, debería sentirse afortunada. Haber tenido solo un padrastro era signo de estabilidad. La pregunta por la profesión del padrastro no figuraba en los cuestionarios, por lo que nunca tuvo oportunidad de decidir una respuesta: escritor o profesor, esas habrían sido las opciones. De lunes a sábado era profesor y los domingos escribía.

¿Y si su padre escribiera, por ejemplo, sus memorias? ¿O ella misma, que nunca ha pensado en escribir, debería dedicarse a rescatar la historia de su padre? ¿Por qué hay que rescatar las historias, acaso no existen por sí mismas? ¿Quién es mejor personaje: su padre, su madre, su padrastro? La soledad se ha vuelto en su contra. Está abrumada por un juego que quizás debería llamarse el ingeniero y la ilustradora, o la ilustradora y el escritor. ¿Cuál sería la mejor novela: la de un ingeniero que se enamora de una ilustradora o la de una ilustradora que se enamora de un escritor?

Después de conducir su programa, Daniela piensa en su madre, que está viva, o está muerta. No se sabe.

Tal vez una noche simplemente no llegó, fue Julián quien le dijo «ya no va a volver», o «murió», o «pasó algo muy malo, muy triste». Ahora Daniela piensa en su madre, y luego en su padre. Tiene deseos de verlos. Y elige bien: elige visitar a su padre.

A pesar de su presencia irregular en la vida de Daniela, Fernando compareció en la mayoría de los dibujos que la niña hizo durante la infancia. A veces no podía evitar la tentación de caricaturizar algunos de sus rasgos —las orejas, en especial—, pero generalmente tendía a embellecerlo, a idealizarlo. Hay una imagen dibujada por Daniela a los seis años, donde aparece junto a su padre, en la nieve, esquiando. Por entonces ella no conocía la cordillera, pero había visto en la televisión un reportaje sobre la nieve, que pintó amarilla, y dibujó los esquís como tenedores. Salvo por los remotos cien días que duró el matrimonio de sus padres, Daniela nunca ha vivido con Fernando. Después de aquellos meses él se mudó a departamentos cada vez más amplios, armando y desarmando familias con pololas cada vez más jóvenes. Hace diez años que vive en el sector de los viejos rascacielos –alguna vez fueron rascacielos de verdad, pero pronto fueron superados por edificios aún más altos. Recién titulado como ingeniero comercial, Fernando fue gerente de happybirthday.cl, una empresa especializada en organizar todo tipo de fiestas de cumpleaños, que duró sólo seis meses –mucho menos de lo que yo esperaba y muchísimo más que mi matrimonio, bromeaba Fernando, que era especialista en reírse de sí mismo, o como él diría, bromeando de nuevo: soy experto en autodirigirme bromas. Definirlo como un humorista sería incorrecto, en todo caso, pues Fernando no era lo que se dice gracioso, más bien era serio; reservaba, eso sí, como defensa, un cierto humor distintivo. Happybirthday.cl fue un paso en falso tras el cual sus negocios mejoraron notablemente. El cabaret que ha instalado en el barrio rojo es, en realidad, una mera diversión. Sus demás empresas se conducen prácticamente solas y le dejan mucho dinero.

No es la primera vez que Fernando siente lo que ahora siente al recibir a Daniela: una alegría que bordea la plenitud, una felicidad casi absoluta, que sin embargo deja a la vista su forma incompleta, un tenue sesgo que estropea la imagen. Le hubiera gustado haber presentido su visita, haber sabido que ella vendría sin anunciarse, motivada por una secreta urgencia, o simplemente para hablar –para construir la escena del padre y la hija que comen fideos con salsa y toman café, mientras conversan sobre el clima o sobre una nueva carretera que han construido en el norte.

¿Cómo representar lo que pasa mientras hablan, lo que no llegan a decirse, ese fondo de tímidos reproches, de menudencias, que palpitan mientras hablan? ¿Cómo alumbrar las zonas que ambos han decidido dejar a oscuras? Después de un tiempo difícil han retornado al pacto de no agresión, a la indirecta complicidad de quienes son conscientes de que comparten solo un hilo de vida. Ahora hablan, claro que hablan, y no en el estilo de preguntas y respuestas. No es un interrogatorio. Es, con propiedad, una conversación. Les sienta bien la superficie. Les gusta jugar al deporte de pasar el tiempo juntos.

Hablan de Ernesto, a quien Fernando ha visto solo dos o tres veces. Para complacer a su hija le dice que aprueba la relación, y Daniela, que sabe que lo suyo con Ernesto terminará en cosa de semanas, valora ese gesto tardío de su padre. Generosamente retrocede dos años, se remonta al tiempo del enamoramiento, y pone las palabras de su padre en un lugar donde quedan bien, donde son oportunas.

Hablan, también, del Rita Lee, el cabaret de Fernando. Él comete el error que ha cometido toda su vida: olvidarse de que es un padre, subirse al entusiasmo como a un avión, confiarle a su hija más detalles de la cuenta. Inexplicablemente Fernando entiende que a Daniela puede hacerle gracia el relato de sus amoríos con una bailarina del lugar.

Si escribieras un libro, dice Daniela, tras un largo silencio, no tendrías que contarme la historia que acabas de contarme –sonríe, con crueldad, satisfecha de sus palabras. La alegría de encontrar esa frase supera a la vergüenza que le provoca esa historia. Imagina a su padre mirando, embelesado, cómo una pobre mujer se despoja de un brillante babydoll escarlata. Siente compasión y un poco de pena. Pero enseguida piensa que ese es el libro que su padre debería escribir: el libro de las historias que sería mejor no contarle a nadie, no ventilar, llevarse a la tumba; un libro de confesiones que no dirían nada a nadie, que nadie consideraría valiosas. Lo importante sería haberlas guardado, haberse ahorrado el aliento que toma contarlas.

¿Nunca has pensado en escribir un libro? No. ¿Por qué? Por nada. Es tonto escribir libros. Es mejor hablar. Perdona. ¿Perdona qué? Perdona lo que dije sobre el libro que deberías escribir.

Él no entiende, ella sabe que él no entiende, y es mejor que así sea. Punto.

A Daniela no le interesa la literatura. Lee mucho, pero más bien libros de historia o de memorias o de ensayos. La verdad es que no soporta la ficción, se impacienta con la comedia absurda de los novelistas: vamos a hacer como que había un mundo que era más o menos así, vamos a hacer que yo no soy yo, sino una voz confiable, un rostro blanco por donde pasan rostros menos blancos, semioscuros, oscuros.

Después de ese almuerzo con su padre, sin embargo, Daniela decide leer la novela de Julián. Le resulta fácil dar con el libro: está en la repisa de siempre, desde siempre, resguardado por el impasible orden alfabético. Durante muchos años le había faltado curiosidad y tal vez valentía para leerlo. Ahora, al abrirlo, se encuentra con este mensaje en la portadilla: «Para Daniela, con amor, esperando que no se aburra.»

Reconoce la caligrafía de su padrastro –las letras repasadas con esmero, como evitando un leve temblor que lo mismo ha quedado impreso en el papel. Es la letra de un fumador, piensa, aunque no exista algo así como la letra de un fumador. Dispuesta a dejarse llevar por la soledad, Daniela se asombra de reconocer, con tanta precisión, la letra de Julián. Nunca lo vio escribir a mano, más bien lo recuerda fumando, frente al computador, tecleando a una velocidad que entonces le parecía envidiable, y enseguida, cinco segundos después, borrando con la misma rapidez las palabras que acababa de escribir.

Debería ir al parque o al aeropuerto, a buscar algo, a esperar a alguien. Pero ha preferido quedarse en casa, provocando las goteras del recuerdo. Actúa como si le hubieran pedido que se quedara en casa. Y lee como si leer fuera un acto de obediencia, como si tuviera que escribir un resumen, una composición escolar: cuarenta y cinco minutos, contrarreloj, para responder a una pregunta única e injusta: ¿Cómo se lee el libro de un padrastro?

La novela de Julián es tan breve que bastaría con media hora para leerla. Pero Daniela se detiene página por medio para preparar café, para ver si el café está listo, para servirse una taza de café, y luego hace pausas cada vez que da un sorbo, y después de cada sorbo mira el techo, o enciende un cigarro, y comienza a detenerse, también, tras cada calada. Incluso retrasa la lectura para renovar los parches de silencio. Necesita silencio para escuchar los sorbos al café y las caladas. Necesita silencio para observar el humo disperso en el chorro de luz que entra por la ventana.

No se aburre, o se aburre poco. Espera encontrar, en el libro, aspectos de sí misma, fogonazos de un pasado remoto, de un tiempo que de seguro vivió pero difícilmente recuerda. No tiene recuerdos de infancia. No sería capaz de relatar su vida: apenas persisten unas cuantas escenas desnudas que la memoria pasa y repasa. Son indicios, o restos. Son pedazos que solo después de un esfuerzo enorme podrían constituir una historia, una vida.

Pero busca, se busca: tal vez de un párrafo a otro hubo días, semanas o meses. Quizás ella entró, de improviso, mientras Julián escribía, y de esa interrupción quedó, en el libro, una frase o al menos una palabra. Por eso marca algunos fragmentos, que no son los que prefiere, sino las frases que tal vez ella dijo y que Julián le robó, le copió. Se alegra, se deja llevar por el espejismo de que en ese libro late el lenguaje de ella, de Daniela.

Es una historia de amor, nada demasiado particular: dos personas construyen, con voluntad e inocencia, un mundo paralelo que, naturalmente, muy pronto se viene abajo. Es la historia de un amor mediocre, juvenil, en la que reconoce a su clase: departamentos estrechos, verdades a medias, automáticas frases de amor, cobardías, fanatismos, ilusiones perdidas y luego recuperadas –los bruscos cambios de destino de quienes suben y bajan y no se van y no se quedan. Palabras veloces, que anticipan una revelación que no llega.

No hay mundos paralelos, eso Daniela lo sabe muy bien. Ha sobrevivido a la medianía: estoy dispuesta a todo, le gustaba decir hace algunos años. Y era verdad. Estaba dispuesta a todo, a hacer cualquier cosa, a recibir lo que quisieran darle, a decir lo que fuera necesario decir. Estaba dispuesta, incluso, a escuchar su propia voz diciendo frases que no deseaba decir. Pero ya no. Ya no está dispuesta a todo. Ahora es libre.

Daniela termina de leer y de inmediato regresa a los pasajes que ha marcado. Busca su lenguaje, se busca, pero no se encuentra. No está en el libro. Se perdió. Y no le desagrada esa ausencia. Invadida por una mezcla de alivio y decepción, cierra el libro. Su vida no ha cambiado. Probablemente mañana va a releerlo para confirmar sus impresiones. Pero no va a ir al puente, no va a recordar ninguna historia que le dé sentido al presente, al pasado, al futuro. No quiere hacer trampas. Su vida no ha cambiado: no sabe más, no sabe menos. No siente más, no siente menos.

¿Es más fácil leer el libro de un padrastro que leer el libro de un padre? Debería pensar en jardines, en mujeres hablando con nadie, cambiando neumáticos pinchados en una avenida distante. Debería pensar en la belleza frágil de los árboles enfermos. Debería imaginar un parque cubierto de toldos derrumbados. Debería conjeturar la soledad de un hombre confinado a las cuatro paredes de un departamento húmedo, un hombre que ha renunciado a decir las líneas que le tocan.

Julián hubiera querido que recordara los cuentos de los árboles, o las tortuosas horas que pasaban memorizando las tablas de multiplicar, con ese tono sentencioso, pedagógico, que él a veces usaba. Julián hubiera querido que Daniela lo recordara tras leer su libro. Pero no. La memoria no es ningún refugio. Solo queda un inconsistente balbuceo de nombres de calles que ya no existen.

Es de noche. Daniela despega los parches de silencio, pues quiere dormirse escuchando las pisadas, los ladridos, las bocinas, las alarmas de seguridad, las conversaciones de los vecinos. Piensa en sí misma, cuando era niña y fingía dormir mientras Julián leía y su madre pintaba. Poco a poco va encontrándose con el sueño.

Ahora duerme. Está durmiendo.

II. Invierno

Life as a book that has been put down.

JOHN ASHBERY

El profesor de gimnasia es un nazi, ha dicho Daniela. Caminan con cuidado, evitando las pozas de agua, compartiendo el único paraguas que había en casa. Sería mejor, por esta vez, ir en taxi, pero Julián ha preferido caminar, como siempre, las siete cuadras. Acaba de proponerle, a manera de juego, ir en silencio, contando los pasos mentalmente: Cuando lleguemos al colegio tú me dices cuántos pasos contaste y yo te digo cuántos conté, y entonces sabremos si caminamos lo mismo.

Pero Daniela no quiere jugar a contar los pasos. Lo que quiere es hablar del profesor de gimnasia, que es un nazi, según ha dicho, y Julián, que odia a los profesores de gimnasia y a toda persona demasiado deportista, se ve obligado a defenderlo, a bosquejar una incomprensible síntesis de la segunda guerra mundial, y de la primera, y hasta de la revolución rusa. El profesor de gimnasia no es un nazi, dice, redondeando, justo cuando un auto levanta un chaparrón que apenas alcanzan a esquivar. El profesor es un hombre bueno, repite Julián, a lo mejor exagera y les da muchos abdominales, pero es su trabajo.

¿Alguna vez quisiste ser profesor de gimnasia?
No.
¿Alguna vez quisiste pertenecer a Greenpeace?
No.
¿Alguna vez quisiste ser piloto de aviones?
No.
¿Alguna vez quisiste ser otra cosa?

Es que siempre quieres ser otra cosa, Daniela, responde –iba a decir Danielita o Dani, pero ha dicho Daniela. Nunca estás contento con lo que eres. Sería raro estar contento del todo. Cuando niño yo quería ser doctor, como todos los niños. Todos los niños quieren ser doctores.

Yo no. Yo no quiero ser doctora, ninguna de mis amigas quiere ser doctora, es aburrido. Ganan mucha plata, pero es aburrido.

En realidad Julián nunca quiso ser doctor. Ha mentido por prisa, para sacarse de encima la pregunta. Camina de costado, cubriendo a Da-

100

niela, ajustado al papel de buen padre o padrastro o hermano mayor o lo que sea. Nunca quiso ser doctor ni mucho menos profesor de gimnasia. Ni siquiera deseó, jamás, ser profesor de literatura. Quería –quiere– ser escritor, pero ser escritor no es exactamente ser alguien.

Llueve intensamente. A lo largo de siete cuadras, en un día de lluvia, es posible completar muchos diálogos. Durante cientos o miles de pasos, las palabras van y vienen, veloces, fugaces. Faltan diez minutos para las ocho de la mañana. Hace menos de una hora Julián decidió que el futuro debía comenzar. Este es el día siguiente, pensó, y preparó café, y se lavó la cara, con especial pulcritud, refregándose una y otra vez, excesivamente, como si quisiera dañarse o borrarse. Luego gastó varios minutos construyendo la escenografía de una noche normal: desarregló las frazadas y las sábanas como si allí hubieran dormido dos personas, regresó a la cocina y sirvió dos tazas de café y bebió una y la mitad de la otra. Mascó una tostada y preparó un vaso de leche con chocolate para la niña.

Luego pensó en poner música. Buscó un disco de Aterciopelados que hacía años no escuchaba. Pero no lo encontró. Entonces puso la radio. Pasaban una entrevista al candidato presidencial de la derecha, que más bien parecía el candidato presidencial de la izquierda. La gente no es tonta, decía, la gente sabe que estoy de su lado. Prometía empezar desde cero y llegar a un millón, a dos millones, a un millón de millones. Marcaba bien los énfasis, deslizaba frases oportunas, muy bien estudiadas. El locutor puso fin a la entrevista y anunció que iba a llover todo el día. Es una buena noticia, la lluvia va a limpiar el aire de Santiago, dijo.

Como si quisiera sumarse al mundo, Julián se acercó a la ventana y comprobó que sí, que había comenzado a llover, que muy pronto reaparecería la cordillera en el horizonte. Enseguida abrió y cerró, desde dentro, la puerta principal: fue un golpe seco, muy fuerte, que resonó en sus oídos durante diez segundos. Y luego dijo, gritó: Chao, mi amor, que te vaya bien.

Fue a la pieza de la niña y terminó de despertarla y le explicó que su madre ya se había ido al trabajo, pues tenía una reunión muy temprano, en Puente Alto. Tú sabes que Puente Alto queda muy lejos, agregó, pero la niña no pareció conformarse, hizo preguntas, pidió detalles, que Julián respondió a la perfección, pues durante la noche había pensado suficientemente en las posibles preguntas que iba a hacerle Daniela. Estaba bien preparado. Y le dijo: Tómate la leche, Dani, y lávate, y vístete, que estamos atrasados.

Como de costumbre, la niña tardó una enormidad en encontrar el chaleco azul, y se lavó con esa premeditada lentitud que tanto exasperaba a Verónica, y que ahora provocaba, en Julián, un melancólico asombro. La demora era un rasgo cotidiano, una imagen estable a la que aferrarse.

Caminan a paso inseguro, rompiendo la lluvia: lo que sigue es una línea recta, ya se ve el colegio, la casa esquina donde invariablemente ladran, con fuerza, con rabia, cuatro perros muy pequeños, ridículos; cuatro perros mojados y furiosos, a los que Daniela saluda, con la cara blanca y una breve bocanada de frío que sale de sus labios.

Poco antes de llegar a la puerta los alcanza la profesora de inglés. Necesito hablar con usted, es urgente, dice, con falsa cordialidad, como si fuera natural detenerse a conversar en plena calle, con una lluvia terrible persiguiéndolos. Sin esperar la aprobación de Julián, la profesora se lanza a relatar el comportamiento distraído de la niña en las clases de inglés. Si no mejora su rendimiento corre el riesgo de perder la asignatura, sentencia, enérgicamente. Julián la mira con una mezcla de odio y pudor.

Es una convicción familiar, responde Julián, después de un brusco minuto de silencio. No nos gusta el inglés. Somos antiimperialistas, somos gente de izquierda, dice, y una sonrisa cómplice se esboza en la cara de Daniela. Pero la profesora insiste: Quiero conversar con usted y con su esposa a la brevedad, y enseguida habla de compromiso, de rigor, de constancia. El próximo miércoles, a las cuatro de la tarde, los espero en la sala de profesores. Julián asiente mecánicamente, y repite, en voz alta, como buscando el lugar de la memoria donde se guardan las horas, las fechas, los lugares: El próximo miércoles, a las cuatro de la tarde, en la sala de profesores. La mujer al fin se pierde entre una multitud de niños, padres y paraguas.

Julián toma la mano de Daniela, con decisión, con amor. Vamos a tener que estudiar inglés, le dice. Sí, Julián, pero ahora tengo que irme a clases, responde Daniela. Y él la mira y le da un beso y la deja ir.

Santiago de Chile, 11 de junio de 2006

EPÍLOGO: SIN PALABRAS

Cuando todavía no escribía, pero quería ser escritora, la idea de sentarme a inventar historias me parecía forzada. Leía mucho, claro, como quien espía una conversación estupenda porque se sabe incapaz de meter un bocadillo. Leía y lanzaba juicios: «Esto no es escribir, esto es dominar una técnica correcta de confección de frases.» No tenía muy claro qué significaba «escribir», pero sí tenía claro que, por muy eficiente que fuese una narración, debía haber algo más allá de la escritura, a lo que solo podía llegarse, sin embargo, escribiendo.

Me costaba encontrar entre lo que leía referentes que me mostraran una forma de contar algo sin decirlo todo. Suponía que en el medio de las historias debía haber zonas nebulosas donde pasaba lo importante, mientras que al narrador se lo veía ocupado contando cosas que no importaban. Leía y pensaba: «Cuesta creer en un narrador a quien le resulte importante lo que dice.»

Para mí hay dos clases de libros: esos de los que puedes contestar –segura, tajante, precisa– la pregunta «¿De qué se trata?» y esos de los que no. Los del segundo grupo –mis preferidos– suelen arrojar respuestas balbuceantes, torpes, incompletas hasta concluir, asumir, que no se está en condiciones de dar una respuesta porque no hay una sola, ni tampoco mil, porque el libro se trata sobre demasiadas cosas –sobre todas las cosas–, y eso es como decir que el libro se trata sobre nada. Por eso, quizá, los libros del segundo grupo suelen generar reacciones tan ambivalentes. En los narradores que más me gustan coexisten cualidades opuestas: lo breve y lo profundo, lo simple y lo complejo, lo sensible y lo frívolo, lo oscuro y lo esclarecedor. Este narrador consigue que el lector se dé cuenta de que aquello que sí está contando representa la línea delgada de un contorno. Uno sigue esa línea y se entrega porque, en los mejores casos, es una línea bella y placentera. Uno sigue esa línea sabiendo que la verdadera historia está por debajo, bullendo contenida.

La primera vez que leí *La vida privada de los árboles* la ubiqué en el grupo de los libros de los que no podía contestar la pregunta «¿De qué se

trata?». Pero casi enseguida me di cuenta de que
este libro excedía –derrumbaba– los criterios de
esa categoría –y de cualquier otra–, porque después de terminarlo a nadie se le ocurriría formu-
lar esa pregunta. La pregunta no procede, la pregunta no importa. Cuando uno entra en el libro
aparecen preguntas más esenciales, más primiti-
vas, previas al sentido que tendría en otros casos
desentrañar tópicos y argumentos.

Para empezar, *La vida privada de los árboles*
es un libro que no existe y que no existirá en el
futuro hipotético que se plantea en la novela. Su-
pongo que se le llama novela, también, por falta
de vocabulario; porque el formato se escabulle
entre las palabras disponibles en el idioma para
nominar libros.

El libro es una gran conjetura preñada de conjeturas.

Hay un protagonista que no sabe qué está
pasando y entonces construye hipótesis: sobre la
ausencia de su mujer, sobre el futuro de su hijastra, sobre su pasado, sobre una noche puntual de
su infancia, sobre su exmujer y la madre de ella
(que también podría ser la madre de nadie), sobre el libro que no está escribiendo y que no leerá –¿o sí?– su hijastra cuando crezca, sobre árboles que charlan en el parque, sobre su verdadera
profesión: «Su verdadera profesión es sumar vo-

ces. [...] Su verdadera profesión es crear palabras y olvidarlas en el ruido.» El protagonista teje y desteje pensamientos porque quiere dilatar indefinidamente esa noche y, por eso, «acomoda los hechos con voluntad, con amor, de manera que el futuro permanezca a salvo del presente».

Una de las cosas que más me maravilla de este libro es que plantea la fantasía drástica de un futuro que prescinda del presente. Un futuro desenraizado. Y tal vez por eso (por situarse en el futuro, que es parecido a situarse en la conjetura) es también un libro sobre la espera. Podría haberse llamado *El libro de la espera* –que nunca sería un mejor título que *La vida privada de los árboles,* pero sí que *El libro de las conjeturas*–. Las esperas son hondas en términos de sentido, mientras se espera pasan cosas que permanecen en la oscuridad hasta que un ramalazo de duda las alumbra. Mientras se espera transcurre la novela, que deja claro de entrada que solo terminará cuando se cumpla una de las dos condiciones anunciadas por el narrador. O sea, no es el devenir de la historia lo que retiene al lector, es –entre otras cosas– el placer de atestiguar un destino irremediable. No sabemos qué va a pasar, pero sabemos que es irremediable.

A mí lo que más me gusta, sin embargo, de este pequeño libro enorme es cómo consigue representar lo que pasa mientras los personajes hablan o esperan o duermen o se desvelan. La representación de todo lo que no se cuenta ni se muestra ni se explica es tan virtuosa que, por supuesto, no está hecha de palabras. Lo que cuentan las palabras es una síntesis rigurosa de la vida emocional de los personajes, pero cuando esa síntesis entra en la cabeza del lector se expande y adquiere una complexión insospechada. El libro es un dispositivo de entrada a una representación robusta de la vida. Como cuando se miran esos cuadros en 3D y los dibujos planos adquieren volumen, este libro nos plantea una línea argumental delgada y breve, detrás de la cual se pueden visualizar ramificaciones espesas como en un espejismo de bosques.

La primera vez que leí *La vida privada de los árboles* fue la primera vez que leí a Alejandro Zambra. No tardé en leer todo lo demás. Sería impreciso –y pobre– decir que admiro su obra, porque no se trata de admiración sino de gratitud. Estoy agradecida especialmente a este libro porque, en mi caso, fue el acceso a su mundo de contornos finos y fondos infinitos. En *La vida privada de los árboles* encontré la constatación de lo que sospechaba que podía ofrecernos la escritura más allá de la escritura. Leía y pensaba: «Alejandro Zambra es alguien que domina per-

109

fectamente la técnica de confección de frases.» O: «Alejandro Zambra es alguien que invierte lingotes de ingenio en concisión y profundidad –mis dos virtudes favoritas.» Pero esas cualidades, aunque innegables, no eran lo que me conmocionaba. Había algo más, había un descubrimiento: por fin estaba frente a un autor que escribía para llegar a ese lugar que no está hecho de palabras. Y te llevaba con él. No conozco un talento mayor. Ni en la literatura ni en la vida.

MARGARITA GARCÍA ROBAYO

ÍNDICE